Germán Sánchez Espeso
Narciso

Germán
Sánchez Espeso

Narciso

Premio Eugenio Nadal 1978

Ediciones Destino
Colección
Áncora y Delfín
Volumen 537

© Ediciones Destino
Consejo de Ciento, 425. Barcelona-9
Primera edición: enero 1979
Segunda edición: febrero 1979
Tercera edición: febrero 1979
Cuarta edición: marzo 1979
Quinta edición: marzo 1979
Sexta edición: abril 1979
ISBN 84-233-0981-9
Depósito legal: B. 1891-1979
Impreso en Printer industria gráfica sa
Provenza, 388, 5.ª Barcelona-25
Impreso en España - Printed in Spain

Esta noche revoloteas, palomita agonizante, en torno a mi mente simiesca, como aquella primera noche de estancia en esta quinta y de insomnio para mí, aquella noche de libido, de espantos y de nupcias frustradas, noche turbadora, noche estival, del día cuatro de agosto que tomo como punto de partida para la narración de esta etapa demente de mi vida (cuánta torpeza, señores del Jurado, y cuánta sublimación en once días), tú, Lía adorada, en la alcoba de arriba, y yo, argolla en nariz, encadenado a mi pocilga.

Los rayos x de mis deseos proyectados hacia el techo alimentaban el anhelo de mis tendencias viriles. A mis dedos viscosos les hubiera gustado serpear aquella noche hasta tu estancia para tirar, en cinco tiempos consecutivos, de las cinco cintas que custodiaban tu virginidad: de la que ceñía la cintura de tu camisa de dormir; de la que fruncía el canesú de blonda bajo tus pechos; de la de terciopelo albaricoque que recogía tus cabellos en haz sobre tu nuca, que al sentirse liberados y estimulados por una cariñosa sacudida de tu cabeza, se hubieran desparramado sonando campanitas; de las enlazadas en tus hombros satinados, pronunciada pendiente sobre la que, al más leve de los contactos, se hubieran deslizado arrastradas por el liviano peso de tu breve camisola que se vendría abajo en un jadeo.

Esto imaginaba cada vez que mi oído de torpísimo murciélago, aquélla tu primera noche de estancia entre nosotros, detectaba cualquier sonido real o trasoñado, pero siempre para mí delator de posibles desplazamientos de tus plantas desnudas, provocativamente desembarazadas sobre el techo de mi jaula.

Tras cuyo tormento, Narciso debiera haber abandonado su lecho para poner sus garras peludas en el primer alcohol hallado a mano y beber desesperadamente hasta ser arrojado de nuevo al colchón, donde su cuerpo degenerado se derrumbaría, definitivamente abandonado y dormido, tras ligeras experiencias de hervores letíficos e insatisfactorios. Pero no fue así, como verás.

No como poeta que soy, sino como estratega, se me ocurrió urdir un plan de asedio que se tradujo en los insospechados resultados que expongo a continuación. Opté en dos ocasiones consecutivas, durante aquella misma noche, por franquear los profundos abismos que me separaban de ella. Flotó el torpe y osado escualo por los infinitos corredores, precedido de un cortejo de pececillos piloto que, en silencio, tiraban de una soga sujeta a su nariz.

Me veo impelido, por mayor explicitud, a hacer hincapié en la audacia, en la alta dosis de temeridad inyectada en mis testículos, señoras mías, dado que mi padre dormitaba tras la primera puerta del rellano superior de la escalera principal.

Véanlo ustedes mismos.

Primer intento. Mi sangre fría me conduce

a salvar la escalinata. Vedme caminando con firme zancada y porte altanero, embutido en una vieja piel de cordero, cuando, de súbito, mi tórax erguido, mi frente altiva y mi mirada retadora toparon con la figura de mi padre, o su fantasma, que arrastrado quizá por pececitos parecidos a los míos rondaba el habitáculo de la niña. No echemos en olvido que la aristocrática hemoglobina de mi padre bien pudiera contener todavía algún leucocito atávico que reclamara su antiguo derecho de poner la pierna en las doncellas del castillo. Sea lo que fuere, el caso es que el viejo navegaba por los mismos aledaños, vistiendo un batín de seda sangre de toro. Su mirada bovina, en cuyo auxilio apenas si acudió un débil mugido, redujo de nuevo el esqueleto de mi lujuria al jergón de mi mazmorra.

Segundo intento. Incontinente, mi virilidad tumefacta, salté al jardín. Ella, al parecer, acostumbraba a dormir con las ventanas entreabiertas. Ay, lector, cuántos anhelos en combustión entraron por ellas las noches subsiguientes, y salieron congelados. Pero no nos entretengamos. ¿Qué camino seguir? Ninguna hiedra había tendido su robusta red por donde el arácnido se encaramase. Ninguna cornisa ofrecía su generoso saledizo al pie concupiscente. Ningún árbol cómplice prestaba su brazo a tan turbio proyecto. Pensé para mí: ¿Qué vías deberá abrir mi lascivia? ¿Escalaré el muro con mis uñas retráctiles? ¿Practicaré un boquete en el techo para deslizarme por un hilo hasta su tálamo? ¿O más bien doblegaré sumiso mi cerviz ante su puerta y regaré mi vergonzosa imploración («las lágrimas pueden, a veces, más que las palabras», se lee en Ovidio) con abundante caudal de llanto?

Decidí remontar a cuatro patas la escalera de servicio. Mis pezuñas apagaban su fragor en el césped de esparto hirsuto. El cultivador con el arado la tierra ha removido y así comienza sus prolíferas labores. Ya no habrá tregua. Mis dedos temblorosos apenas obedecían a mi cerebro exigente cuando mi mano extrajo de mi bolsillo una réplica exacta del llavín original (con tan minuciosos detalles adorno mis trabajos), mientras abrazaba el bulbo helado de la manija. Para este instante mi ser entero, dotado de aquel divino don de la sutilidad, patrimonio de sólo angélicos seres y cuerpos gloriosos, había traspasado ya la fina hoja de la puerta. Y allí, derramada sobre el blando lecho, ella, ella, ella, sin indumento de ningún género (hacía demasiado calor en mi cerebro), los cabellos esparcidos en desorden por la almohada, los ojos blandamente entornados, el cáliz de la boca abierto (los pretiles carnosos en actitud de espera a ser colmados de alimento congruo), la vírgula abultada de su cuello adelgazado en el escorzo, la hoyuela de transición entre su garganta y su pecho, las breves cúpulas de sus senos rematadas, ay, por tímidos pezones de caramelo. Pero no

robaré el precioso tiempo del lector, deteniéndo-
me en detalles que no vienen al caso y que no
fueron más que un lacerado producto de mi
imaginación.

Debo apuntar, sin embargo, que mi ardor frené-
tico se rindió a mi reparo cuando, a modo de
conjetura, registré en mi sensible fonógrafo interior la frecuencia de onda del probable alarido que
emitiría la doncella al verme, como se enseña en el
cinematógrafo. Pero imbuido por mi habitual
diligencia (permítaseme al menos una leve insinuación), con agilidad intemporal mi actividad crea-
dora ya había concertado el orden progresivo de
invasión, a saber:

Primero, y a modo de pregustación, lamer
ávidamente con mi lengua bífida las comisuras de
la cutícula extensible que velaba aquellos ojos
calientes, aceitosos, estuches vidriados cuya cásca-
ra, al sonar de una trompeta, se quebró, para
liberar caballos encarnados, con corazas de hierro,
de jacinto y de azufre, que por la boca echaban
pompas de fuego...

Pero no hubo lugar a que mi mano introdujera el
llavín. Son vanos los sueños de un enfermo. La
manija giró sola sobre su eje, la puerta cedió, y ella,
en salto de cama, gritó con el frenesí previsto. Al
redil, al redil, cabritillos míos, que diría Virgilio.
Ya en mi alcoba, froté mi mejilla contra la alfom-
bra para enjugar mis lágrimas.

Ella ahora va a morir (quizá ya lo está), es lo que

importa, y a lo que vienen estas sucias cuartillas. Y nadie, sino a mí, se culpe de su muerte. Descenderá paulatinamente la temperatura de su organismo. La impotencia muscular afectará, en primer lugar, a sus piernas juveniles, y la parálisis invadirá progresivamente su abdomen, su tórax, sus brazos, e iba a decir sus alas, mientras su respiración flaquea, y la débil llama de su cuerpecillo, envuelto en frío lienzo de sudor, se extingue en contorsiones.

Mas intentaré ceñir mi explicación al hecho escueto, y no abusar de tu paciencia, de la que ya puedes hacer gala, amable lector, si has podido soportar hasta aquí mi atropellado estilo. No dispongo de mucho tiempo para exponer con detalle los acontecimientos más sobresalientes que tuvieron lugar en la casa durante estos últimos once días, y que terminan por conducir al panteón familiar a Lía, asesinada por su primo, el joven ornitólogo Narciso, que narra para vosotros este apasionante reportaje de cetrería. El reo ha confesado, que dicen los fiscales.

Son, en este momento, las once de la noche del día quince de agosto de hace muchos años (habrán pasado muchos años para cuando estas páginas lleguen a tus manos, joven lector, y el autor de ellas habrá ya iniciado su eterno reposo junto a Lía), y quiero dar fin a estos garabatos mentales para el amanecer. Pero antes de proceder a rematar cualquiera de estos renglones preliminares en los que

Narciso no ha sabido encerrar algo más centelleante que un frustrado conato de captación (tímido embrión de galimatías), desearía dejar sentadas otras hipótesis de mi trabajo: Aparte de hacer pública profesión de loco por las flores, principalmente por aquellas que brotan en las orillas de las aguas (tan reflexivamente entregadas a sí mismas), quiero que sea de previo y de especial pronunciamiento que mis rasgos faciales nada tienen en común con los del delincuente nato, bien se considere el estudio desde el punto de vista de la escuela de criminología clásica o de la antropológica positiva. Podéis examinar las facciones de mi rostro adolescente en los fotograbados borrosos de cualquier semanario deportivo de aquella época. Heme aquí, por ejemplo, a todo color, esbozando una sonrisa de campeón juvenil provincial (especialidad tiro con arco), mientras mi mejilla aguanta un rotundo beso administrado por la cochinilla de una adulta pelirroja, excampeona nacional en la misma especialidad, que también me impone una medalla de latón. Reparad en mi amplia capacidad craneal. Advertid las proporciones de mi rostro en armonía con la dimensión cefálica, en cuyo volumen compacto, si os fuera dado obtener mi calavera, podríais comprobar la radical ausencia de esa fosita occipital que distingue a los criminales. Fijad vuestra atención en mi frente, correctamente abombada, ancha y tersa, en mis orejas blandamente redondeadas, que guardan entre sí la distan-

13

cia tradicional, y en mi mandíbula fornida sin exageración y sembrada de vello abundante y uniformemente distribuido.

¿Qué más satisfacciones puedo ofrecer? Si hubieras tenido ocasión de charlar un rato conmigo, comprobarías que no practico contracciones faciales, salvo en algunas ocasiones en que proyecto hacia adelante el labio superior, pero esto en sólo circunstancias muy embarazosas, y porque así lo heredé de mi padre. Si tuvieras la curiosidad de acudir al Museo de Grandes Criminales para observar mis trazos caligráficos podrías cerciorarte de que tampoco prolongo el travesaño de la t, que es de violadores, en la opinión de Lombroso. Y si hubieras tenido la suerte de acercarte a mi cuerpo desnudo, observaras que tampoco gusto estropear mis cueros con tatuajes u otros estigmas indelebles y degradantes.

Antes de seguir historiando (no te impacientes, lector, enseguida venimos a lo nuestro) vaticino que, a lo largo del apresurado curso de este espeluznante relato, mi pluma beberá en fuentes inmortales, cuyos textos se aducirán no por espíritu de presunción, o con ánimo de controversia, sino por la natural implicación de circunstancias, como más adelante podrás colegir. Ensayaré un primer intento de establecer cierto orden desde el principio, ahora que aún estamos al pie de la cuesta, y de disponer por sus pasos contados el decurso de esta mi narración que ya desde ahora presiento irreparablemente caótica.

Suspendí el relato en aquel punto donde, pospuesto todo temor por cumplir con el deseo, fui sorprendido por mi niña en el acto indiferente de introducir una llave en la cerradura de una puerta. «¡Demonios!» balbucí. «Me confundí de piso». Explicación ociosa, querido lector. Ella gritó, gritó inexorablemente, gritó con el metal característico de la alimaña, gritó como sólo sabe hacerlo la hembra herida, gritó con el cruel diapasón que dedican al efecto las vírgenes adolescentes, vigorosas y en peligro de que les desmochen la flor.

Me batí en retirada, vadeando los pasillos inundados de mi propia baba, y diciendo entre mí: «No hay ejercicio en lo humano que tanto vigorice y solidifique la voluntad, como buscar las ocasiones de remediar lo irremediable».

Reducido a la soledad de su alojamiento, el vampiro suspiró profundamente, esperando encontrar en la combustión del oxígeno el calor del que le privó el desaliento. Y tras este rito neumático, frustrado como estaba en su deseo, el animal se colgó de las lámparas para estar más cerca de su amada, y allí permaneció, nadie sabe si adormecido o agonizante, hasta el crepúsculo.

No hace muchos días escudriñabas con hocico hosco y ojo mohíno mi negro mirar y mi piquito entreabierto. A ti, niña mía, te diré que eras mi espejo. Y a ti, ceñudo lector (sé que ya te has puesto de su parte), que estás en trance de descubrir mis móviles y someterlos a minuciosa clasificación por coeficientes de corruptibilidad y putrefacción, a ti te diré que no persigues mis errores con el equitativo fin de establecer las razones motrices de mis actos, ni con las miras puestas en reeducar, por medio de sus antídotos, tendencias tan agravadas de amargura, de resentimiento, o de ancestrales destemplanzas exteriores que tanto inclinan a gustos y afanes contrarios. Porque esto último dio a entender Hipócrates cuando dijo que, pues el agua, el fuego, el aire y la tierra, entran en la composición del cuerpo humano en igual peso y medida (que así hacen al alma prudentísima), si uno de ellos vence al otro, queda el alma torpe y desbocada. De donde fácilmente echamos de ver los varios apetitos que ciegan a los hombres en cada punto. Así, aunque en ocasiones el alma quiera velar, si el cerebro se hallare seco, preferirá hartarse de dormir. Y si antojara contenerse en castidad, pero estuviesen cálidos sus testículos, codiciará el refugio de la hembra.

Condenemos al acusado (ya oigo tus gritos), démosle muerte acogiéndonos al régimen de sus propias palabras, pronunciadas en favor de la violencia. Siéntate, apasionado lector, y no te irrites ahora, que ya han atravesado mi corazón saetas de otros monteros.

Pero volvamos a lo que nos interesa.

¿Sospecha el lector en qué lugar pasó el resto de la noche la chiquilla agraviada? Existe, no lejos de esta quinta de recreo y en un altozano dentro de la finca, un lindo cenador que mi madre mandó construir con el noble fin de acaparar, a un mismo tiempo y en un solo punto del espacio, todos los ocios de mis tías, nutrida horda de morbosas filántropas y paleodoncellas taimadas (pletóricas de ese veneno no echado fuera cuando aprieta el climaterio), cuyo aparente motivo de agrupamiento podría parecer había sido su sana preocupación por los semejantes, pero que, en realidad, y para un observador avisado, era su común profesión de la gandulería y, en último término, la patética y colectiva conciencia de saberse doblando la última esquina de la madurez.

¿Qué amenaza profirió la rabiosa niña por la mañana en el transcurso del desayuno inmediato a la famosa escaramuza masculina antecedente y el pretendido ostracismo femenino consiguiente?

(A media voz, con resolución y sin despegar su mirada de los huevos con tocino). «Cada vez que N. suba a mi cuarto por la noche, yo me marcharé a dormir allí arriba so-li-ta» (¿Razones para hacerlo así? Ninguna. Que era como decir *todas*). Y la sabandija refrenaba la emisión de cada sílaba con reticencia medida y progresiva, a la vez que adornaba con variadas inflexiones de voz (en un sublime intento de dosificar el corrosivo) su invectiva en condicional futuro, para, maliciosamente, culminar con aquel «so-li-ta» ingenuo, colofón y cla-

17

ve, demasiado sugerente, de todo el contenido ponzoñoso.

¿Qué efectos se siguieron de tan femenina inoculación?

Papá y mamá entraron al unísono, *saevi inter se conveniunt ursi*,[1] y Narciso escuchó con aplomo la polifonía. El encanto del breve preludio lírico se deshizo cuando los órganos visuales de mamá puritana, encañonados hacia papá libertino, redujeron al silencio los fonéticos del viejo que, dicho sea sin ánimo de murmuración, tenía motivos más que suficientes para bajar la mirada, para estremecer el labio, para hundir la cabeza, para permanecer callado. Lo que me da pie a traer, a modo de notificación accesoria, un episodio que nos será de gran utilidad a la hora de completar el informe de mis atenuantes. Me refiero a mis antecedentes paternos, posible causa en raíz de mi proclividad al incesto. Pues, al parecer, por imperativos de honra familiar, los entonces recién casados y hoy autores de mis fangosos días, visitaban con asiduidad, siempre vigilantes por mantener el buen nombre de nuestra estirpe, a una muchachita huérfana y solitaria, pariente de mi padre.

En una sucia tarde de invierno llegó a las puntiagudas orejas de mi madre una especie vergonzosa, que corrió en boca del sentir popular, relativa a mi padre. Noticia avalada y gradualmen-

1. Que, a veces, hasta los osos feroces concuerdan entre sí. (Juvenal.)

te difundida por el tutor y defensor de la indefensa. Era éste, pájaro picaflor, del que luego se supo oficiaba también como íncubo de la infeliz (por llamarla de alguna manera) que, allá por la época de la recolección, se despachó con una puesta de tres robustas criaturas de incierta procedencia paterna. Y como ninguno de los dos verracos se diera por enterado de su presunta triple paternidad, y como ni jueces ni testigos menearan más la cuestión, y ni se hablara en adelante del turbio asunto, la huérfana, desesperada, arrojó los trillizos a una alcantarilla (por lo que todavía hoy se desconoce el verdadero provocador del fruto trigémino), triple infanticidio del que obtuvieron opíparos beneficios varias agencias informativas, y por el que hasta el día de hoy la mujer disfruta de un alojamiento, a gastos pagados, en ciertas lujosas instalaciones psiquiátricas, con «tres intentos de autoescisión arterial» en la casilla «Otras observaciones» de su historial clínico.

Fue del dominio público que, aquel día desapacible de invierno, la señora (mi madre) había sorprendido al señor (mi padre) con las manos en la masa, según la trivial expresión. Y todos los oídos del barrio se colmaron con el rumor de que, en el momento de la irrupción de la consorte en la estancia, las fuerzas vivas de su peludo marido habían ya ocupado avanzadas posiciones en terrenos de la consanguínea. El resultado fue que mi madre, a partir de aquel momento, no volvió a pisar la casa del estupro, no así mi padre, hasta que vio venírsele encima el jardín de infancia, por lo que abandonó a la embarazada.

Y fuerza es que quien en tal destemplanza copuló entonces con su mujer, engendrara, en aquellos días, tan mal hombre como Narciso, de tan torpe ingenio, malicioso, egoísta, soberbio, desordenado, áspero, desvergonzado, engreído, indevoto y mal acondicionado.

Y ése, creo yo, fue el motivo de aquella mirada cáustica de mi madre que paralizó al punto, para el resto del desayuno, a su marido y padre mío.

Luego, tras el breve silencio, atacaron a un tiempo los fagots de la autora de mis días, en un primer movimiento cantabile de clara factura clásica. El tema principal fue enérgico, conciso y muy brillante, desarrollándose de una forma ligeramente apasionada, con riqueza de arpegios, donde el color estuvo conseguido por un curioso dibujo, a la vez misterioso e irónico, de la cuerda, hasta llegar a su momento fortísimo.

Sólo hablo de la técnica, cuando el principal mérito de la improvisación estribó en su valor didáctico. Pero en este campo las palabras no sirven para nada. Diré solamente que sería preciso tener un alma muy rebelde para permanecer insensible a las maderas y los metales de aquel laborioso parto de virtuosa que en ningún momento dio la impresión de estar haciendo un ejercicio impuesto por la escuela.

Los nutridos aplausos de la selecta concurrencia de faunos y ninfas que abarrotaban el jardín, se fueron apagando conforme mis oídos se alejaban de la bucólica estancia. Como dicen los libros chinos, cuando una mujer te habla, sonríe y no la escuches.

De nuevo remonto el caudaloso curso de estas once últimas jornadas para sumergir mis pensamientos fríos en el remanso estival de aquel día cuatro, dulce y nefasto, de agosto.

Las tres escenas que pacientemente desmonto por piezas a continuación para ti, soñadora muchacha que me lees y que ya has comenzado a enamorarte de mí, se desarrollaron en la playa, en el palacete y en el bosque, respectivamente, por la mañana, al mediodía y al atardecer (primoroso) de aquella misma jornada, hace solamente once días.

No sé si dije que tío A. murió, después de haber sido explorador, albacea, casado y vegetariano, no con mucho éxito en ninguna de las cuatro experiencias. Al fallecer, dejó en las garras de mi familia la administración de sus bienes, entre los que se encontraba Lía, su única hija. Mas todo esto no importa para el caso. Comencemos ya.

Preludio.

Es de mañana y una sombrilla multicolor se interpone entre el sol y mi cuerpo estudiadamente musculado y exhibido en una tumbona junto a un vaso de limonada, cuando:

(Mi madre). ¿Conociste a una primita tuya, la hija de tío A.?

No. (Sosegadamente, afectando total desinterés).

(Mordisqueando la patilla de la gafa)... la hija de tío A. que plantó en el jardín un árbol cuando nació ella, tu primita.

No. (Una pesada hembra en un exiguo dos piezas de peluche amarillo persigue a sus crías, que se precipitan en dirección a las olas con el propósito de tomar en sus manos una de aquellas blancas cintas de espuma).

Claro que recordarás a tío A.

No. (Los dos voluminosos senos de la hembra saltan blandamente en sus recipientes de contención, a contratiempo del cuerpo de su dueña).

¿No oíste hablar del tío A. que murió el año pasado?

No.

Volví a mentir, apreciado lector, puesto que había oído hablar del tío A. en muchas ocasiones. Particularmente, no hace mucho tiempo, durante una tarde entera fui testigo del delicado desuello al que el pobre plantígrado (tío A. era plantígrado de cintura para abajo, y proboscidio de cintura para arriba) fue sometido por el estilete hábilmente manejado que mi madre tiene en la boca. El motivo era la «usufructuación indecente» (ambas palabras del texto original) de ciertos yacimientos carboníferos propiedad de un contrapariente suyo que padecía vértigos y se le encerró también en el manicomio. A aquella misma despellejadura pertenece la historia de una expedición «científica» (dicho con soniquete), en la que tío A. se enroló buscando el Polo Magnético, «pero como entre los hiperbóreos no halló nada que mereciese la pena de ser robado» (¡perra!), se volvió a casa haciéndose el reumático.

(Y por fin). ¿Sabes que tu prima llegará este mediodía para pasar el verano con nosotros?

No (desproveyendo el adverbio de todo matiz expresivo que pudiera delatar, de alguna manera, en mi blindaje, el morboso ramalazo neurálgico que sentí en el labio superior).

Pero vengamos al mediodía, insaciable lector. Me será difícil verter en estériles garabatos tanta espuma de adormidera, tanta sedación, tanta exudación de placenteras y secretas complacencias, tanto ladrido del vientre. Como has visto, es ocioso mi empeño: no sé decirlo. Vengamos de una vez a los pormenores.

Escena primera.

Y aquí comienza la historia de la doncella y el batracio. El demoledor atractivo de la virgen ingrávida envolvió su corazón en dos oleadas progresivas y perfectamente diferenciadas. Proyectemos.

Primer movimiento. El nacimiento de Lía. Tendido sobre la arena, el cuerpo aplastado sobre su vientre blando, la mandíbula relajada, el sapo dormita. De lo alto caen racimos de palabras sobre su oreja. Es mamá que dice:

«Ésta es la primita de la que antes te hablé. (Quiero mirar). Es la hija de tío A. que recordarás de cuando volvió del Amazonas y vino a casa (necesito verla) siendo tú muy niño, y te trajo una de esas cabecitas humanas, reducida por los jíbaros, que abrazabas para dormirte, etc.

El sapo, sin mover otro músculo, abre un ojo, y conforme despliega su membrana palpebral, aparece la doncella en este orden. (En adelante llamaremos a este instante sublime «la hora cero»).

1.   Pie desnudo de colegiala, en cuyas uñas, a su zona más resguardada, se acogen restos del esmalte color fresa que hace unos días debió recubrirlas totalmente.

2.   Subregión anterior de la garganta del pie, no afectada por tendón, ligamento o afluente arterial que vicie el suave declive. Solamente, eso sí, y a cada lado, una cabecita ósea hemisférica, con su leve depresión adyacente (como pezones reveladores de un eje transversal invisible), de revestimiento muy pálido y fino, al que se han adherido con mayor abundancia algunas partículas de arena.

3.   Piernas largas, de vaina ósea anterior revestida de dermis tersa y perfectamente diáfana, si exceptuamos el rasguño escarlata a media altura y el leve hematoma oscuro debajo de la rodilla izquierda.

24

El sapo, inmóvil, simula indiferencia.

4. Carnosos pero delgados muslos, aparentemente fríos y blandos (¿lo comprobaría al tacto Narciso aquella misma tarde?), de piel tostada, reseca y áspera en su cara externa (blancas huellas lineales de arañazos en desorden), más desvaída y elástica en su cara interna (roncha escarlata en terreno de entrepiernas, producto de la succión de algún insecto refinado). Estos muslos desnudos sufren, muy suave y paulatinamente, el engrosamiento, acabando por refugiar su plenitud adolescente en:

5. Breve pantaloncito *sport* (felpa, color muralla china, muy corto y ajustado, realzado con flecos), que contiene y abraza estrechamente el arranque de los miembros locomotores y la porción pelviana con sus anejos, a saber, de abajo arriba y en simple descripción topográfica:

Por delante (región visible), leve estrangulamiento de los muslos (imperceptible a un observador poco goloso), hoyuelos inguinales cálidos, pubis ya maduro, oh dioses, y vientre acolchado en el que montan guardia unas crestas ilíacas infantiles. Estas bagatelas nos conducirán a graves males. Ya lo veréis, lectoras mías. De aquí provienen tantas lágrimas, de aquí el número de muertes repentinas que a muchos viejos arrebatan sin tiempo para hacer testamento. Pero no nos entretengamos.

6. Ligera camisa desprovista de cuello y man-

gas, abotonada a un costado y ceñida al busto, transparente (el pequeño sujetador es rojo encendido), lo bastante corta (termina justamente en la línea de arranque del calzón) como para que una ráfaga perdida de brisa marina, un despreocupado desperezo de colegiala u otro ardid femenino bastara (de suyo un ingenuo braceo de saludo fuera suficiente, o una supinación leve, por ejemplo) para dejar patente a los ojos del reptil (que contrae el carrillo para dejar entrever su expresivo colmillo), la perfección y profundidad insinuante del diminuto embudo de su ombligo oscuro, voraginiforme, de blandos accesos en declive labiado. Tan premeditada me pareció la exigüidad de la prenda.

Permítaseme hacer un alto en esta sublime pero turbadora escalada en la que oficio como guía y padrino, y descansemos dos segundos, más tiempo, lo comprendo, del que vuestra ansiedad es capaz de concederme en tan crucial instante.

El sapo ha conseguido incorporar su pesado cuerpo. Su pupila obscena ya atraviesa los lienzos (débil apasionado) que cubren un pedazo de aquella florida intimidad, ya recorre superficies, reconoce cotas, se desliza por declives y escudriña con agilidad intemporal repliegues secretos. Su palpo intencional toma la temperatura ambiente de aquellas axilas apenas púberes, registra el grado de salinidad de la saliva femenina, comprueba la densidad de cada volumen, las calidades de sus envolturas, las propiedades de las diversas pulpas con su correspondiente índice de tersura y susceptibilidad al tacto. Y su lengua pegajosa acaricia placenteramente el cuello pueril. Hemos recorrido campo inmenso. Tiempo es ya de que soltemos las humeantes narices de los caballos.

Ahora el sapo se yergue y alarga con urbanidad su húmeda pata, estrechando con la palma prensátil la cándida mano de la niña.

Ella, una diminuta roseta natural roja debajo de su ojo gris perla, unos pelillos sueltos y pegados al tegumento de su sien, sonríe con su hociquito carnoso. «Pero caminamos por fuego cubierto sólo por engañosas cenizas». (Horacio).

Sonriente desde hace un ratito, al parecer, o quizás acaba de esbozar esa media sonrisa (nunca lo supe, nunca lo sabré), el caso es que la carne dorada de sus labios se abre como un molusco, y entrega el nácar y el jugo de fresas. Qué maduros se muestran, qué sensitivos son y qué tiernos. ¿Están mojados? Son gajos carnosos de pulpa blanda, abultada, centrípeta, como un declive de abismo, como un cráter de volcán. Aunque soy un mal poeta, compréndeme, lector. Hay momentos de búsquedas y delirios irrefrenables, de paroxismo, si consideras la rara aleación sobre la que está constituido nuestro vientre caprichoso. Mi salvaje deseo, ígneo y doliente, intenta remontar el vuelo, sacude torpe un ala rota (estoy embriagado, me lo estáis notando), no acierta el ave a posar su

27

inquieta zanca, hay un nudo de monstruos (divaga, gusano, divaga). Pero lo diré todo. Deseo terminar cuanto antes con esta mi estrafalaria exposición de insanias. Gusté mentalmente de su mentón depositado en el hoyuelo de mi umbría ingle. A propósito. Si muero algún día, pónganse mis cenizas en el panteón familiar, dentro de la misma urna que contengan las de mi adorada Lía.

Esta noche ella, pequeña cobaya agonizante, no reclina su blando cuerpo sobre el lecho de la estancia de arriba, sino en otro lugar no tan cálido, quizá, para la alborada: en el cenador que construyó mi madre, y que está alejado como a un tiro de piedra. Si fuese de día, desde aquí podría verlo. Mi cuarto, desde el que escribo para ti, lector paciente, es de planta cuadrangular, diez metros por ocho, y recibe la luz por el espejo del ropero, por los resquicios del entarimado y por los ojos de mi ratón. Deseo proceder con mimo al examen de accesorios ambientales, no con ánimo de nutrir mi vanidad, que confieso fácil a la tumescencia (y a mí inclinado a proporcionársela), sino a título de precisa información, con el propósito de prestar el mayor número de indicios al atento observador, que hagan posible un certero veredicto. Comencemos. La pared está empapelada con ornamento foliáceo color aguaprofunda o amorsombrío (como el iris de mi pichona), y presta fondo a mil objetos, algunos de los cuales, más significativos, ordenadamente enumero. Hago notar, sin embar-

28

go, que la disposición que establezco es ficticia, porque en la escala de lo real no gozan de ningún orden prefijado.

1.   Ebúrneo colmillo de 1 m 98 cm de longitud, y 35 kg de peso, extraído de un proboscidio africano que gozó de 3 m 55 cm de alzada, y 4.900 kg de peso, hace muchos años, antes de que la mira de la carabina de mi madre núbil, en un safari, se interpusiera entre el ojo del animal y el suyo propio (versión materna), o antes de que, en el escaparate de un anticuario, se interpusieran las gafas bifocales de mi madre consorte (versión paterna), sobre cuyo marfil, en resumidas cuentas, hice grabar longitudinalmente la inscripción *inest sua gratia parvis*, lo cual viene a decir que aun las cosas más pequeñas tienen su gracia particular.

2.   Gigantesco pasquín que ofrece, en monocroma fotografía virada en malva, el mármol «Afrodita de Gnido» (Roma, Museo Vaticano), que, en actitud de tomar una ducha, ha inclinado blandamente la cabeza, no sin antes haber desembarazado de todo impedimento, con la mano del mismo lado, la parte superior de su divinal organismo, no así la inferior, donde la ropa, en equilibrio visiblemente inestable, amenaza inmediato desliz, pero a cuya ruina han acudido presurosos y oportunos, reclamados por la decencia, sus dedos regordetes.

3.   Más abajo, y a menor escala, otra fotografía tamaño postal con bien pigmentada y desnuda

rubia, réplica moderna de aquella divinidad griega, en postura menos escultórica pero más viva, más desmitificada, por tratarse de la instantánea del movimiento femenino de una joven más sonriente y más desaprensiva que la diosa mitológica, pero igualmente susceptible de idolatría.

4. Un largo collar de tres vueltas, cuyo cordel ensarta una colección paleolítica de caninos humanos, vértebras de pescado, conchas, élitros de coleóptero, huesecillos vitrificados, del que penden cascabeles, campanillas, sonajas y trocitos de coral sin pulimentar, que uso para mis ritos del sábado.

Ahora voy a relatar la segunda parte de aquella escena comenzada en la playa, y la súbita aparición de mi padre, con otros pasatiempos. Pero antes de empeñar mi pluma en esta ardua empresa (me siento profundamente abatido, más de lo que crees, y todavía falta casi media hora para la medianoche) permíteme, apresurado lector, te dé a conocer la génesis del nombre que, con mi propio ingenio, construí para mi adorada, como el de tantas otras, sólo que con más pasión esta vez, debo decirlo, con más delicadeza y (tristemente) con mayor acierto, como verás. Serás testigo de ello, lector amigo, si tengo el desahogo de terminar con esto antes de que Dios me corte los dedos, o la Justicia detenga mis puños con el hierro tenaz, con el plomo, la soga, el gas o el alto voltaje, que a todo castigo soy acreedor. Dejadme orinar antes, luego declaré cómo surgió de mi cerebro la idea de imponer a la niña un nombre divino, que le definiera satisfactoriamente, cómo procedí con resolución a ello, la atención que presté al asunto, la sana fruición que experimenté, y la resistencia que opuso ella, con mi desencanto subsiguiente, así como también los primeros galanteos que me vinieron a las manos, de los que ella fue objeto.

Segundo movimiento. (Cinco minutos más tarde). Lía se despoja.

Mis facultades superiores ya se habían liberado de aquella primera envoltura gelatinosa de ensoñación almibarada (noté mi mandíbula colgante y sospeché que se había ido aflojando maquinalmente, como en casos de estupefacción, hasta llegar a conseguir esa traza beatífica de perfecta estupidez) cuando me encontré de súbito en el secular y convencional acto de estrechar con vigor una mano femenina infinitamente relajada, colgante, blanda y abandonada a su suerte (no independiente sino desprendida, no prestada sino definitivamente entregada), y adopté, al instante, la mueca alegre y firme que revelara un más alto grado de autosuficiencia, para llevar a buen éxito mi primer contacto físico con aquel ser espiritual y espumoso. Conminé a mi cerebro para que procediera, a partir de ese momento, con radical expedición (antes de que un vulgar nombre contaminara nuestro espacio circundante) y suma destreza en elección tan delicada por sintética, según explayaré más adelante. Confieso que no resulta tarea fácil este sutil ejercicio, ni de profanos, poco avezados al cultivo de la improvisación onomasticomitológica, o arte de aplicar un nombre de diosa a una mujer mortal. La diferencia estribaba en atinar con el nombre olímpico que reuniera en sí tres diferenciadas y a la vez coincidentes condiciones: del orden economicoverbal la primera, onomatopéyico la segunda y conceptualsignificativo la tercera. Procederé con gusto a la breve amplificación de estos contenidos.

Pues bien. Decreté, en primer lugar, que el nombre de mi amada de ninguna manera debiera rebasar en dos el número de sílabas, dado el uso reiterativo que calculé podría hacer de aquel nombre. Tan desbordado amor le profesé desde aquel primer eslabonazo amoroso, dentro de la nueva interexistencia ineludible que deberíamos, ella y yo, primos hermanos, soportar en común.

En un principio me tentó el monosílabo Li, vestigio chino, con resonancias dinásticas, que yo utilizaría a modo de diminuta manufactura verbal milenaria, exótica y frágil, como su propio cuerpo que desde un principio adiviné terso y dorado (no en vano sus muestras de cabello visible se manifestaban de un amarillo paja sazonado). Pero algo deleznable presentí desde un comienzo en aquel nombre criptográfico cuando, simultáneamente, mi programador interior registraba el hecho de que el litio, cuyo símbolo químico se designa por

Li, era un metal pobre, de brillo lechoso, el más baladí de cuantos se conocen (flota en el agua, queridos niños), todo lo cual empequeñecía el concepto. Y ya no soporté que *Li* coincidiera con cierta expresión matemática de logarítmica integral. Me saltó al cuello la reminiscencia escolar y descalifiqué al punto el monosílabo repugnante. Fue aquél un atisbo feliz, como pude comprobar más tarde, con alivio, en un grueso manual. Pues sorprendí las funciones matemáticas de *Li*, momificado entre fórmulas estrafalarias de proporciones alarmantes, trasunto de interminables tablas de valores en las que se dan con alegría las integrales de x en su mayor grado de virulencia (déjame que me encarnice aquí, sirva esto como catarsis de mi natural lírico), es decir, para valores reales del argumento entre menos infinito y más infinito. ¡Qué despilfarro!

Me precipité por último sobre mi fichero mental, y en infinitésimas de segundo di con el nombre exacto (acuoso y deslizante), donde (susurrante y frágil) a mi jovencita idolatrada (significativo y divino) pudiera yo (recóndito, recóndito) albergar. Y el nombre era Lía. Lía. Lía. (Mi boca suena en todas las escalas cromáticas). ¿Quién será el lindo rapaz que, bien perfumadas las axilas, te estreche con lúbrico abrazo? ¿En cuyo obsequio soltarás tu rubia cabellera y descubrirás, de par en par, tus gracias embelesadoras?

Mas, ay, mísero aquél y triste sobre quien

prenda tu fuego y, sin experiencia, alargue su mano hacia el falaz brillo de tu hermosura.

He llegado a abrigar temores de estar resultando peligroso *li-maníaco* (séame dado prodigarme en licencias gramaticales). Sin yo pretenderlo, para mis mejores hembras tiré de nombres divinales, afectados del afijo *li*. Diré algo de todo ello.

Hace dos años púsome el demonio delante de los ojos una niña carnosa y dulzarrona, tostada por dentro y por fuera al albur de la brisa marina de quince primaveras, del sol de quince estíos y de la nieve de quince inviernos. Para ella usurpé el nombre a una musa, Calíope, sobrenatural concubina del incorregible padre de los dioses, con quien hubo un banco de sirenas. Ha llegado, pues, lector querido, el lugar común de los narradores, cual es el describir una mujer hermosa. Déjame antes echar un trago y decirte que el tiempo que gastes en leer esto no lo aprovechas. Carga, pues, al leerlo, con tu falta, como yo, al escribirlo, cargo con mi pesar, mientras oigo el clamor de la conciencia que me canta aquello de Juvenal: «Anda, loco. Cánsate en recorrer lo más intrincado de los Alpes para dar gusto a cuatro críos que al final te premiarán declamándote una poesía».

Mi nueva Calíope, diré, era moza por extremo imaginativa, le vibraba la risa en los ijares y poseía un corazón palpitante en cada centímetro de piel. Era muy buena nadadora, nerviosa de ojos y boca, donde le retozaba la lengua entre los párpados y la

34

pupila en los dientes. De lacias y oscuras guedejas, y el resto del cuerpo atabacado por igual, vivía desnuda y se moría por el sol. Su medio ambiente era el agua salada. En andar fue tarda, en besar y lamer presta, de día soñadora, de noche zalamera, en prometer fue corta, larga en darse y cumplió con todos. No se te hará nuevo saber que gozaba de contornos fusiformes y miembros dotados de una peculiar compacidad (todo precisamente adaptado al medio marino), cuya aparente tiesura, a la que prestaba rigidez su tegumento tersísimo, gozaba de propiedades elásticas, por lo que, especialmente al surgir del mar, la cohesión del agua en gotitas sobre la periferia lustrosa de su organismo imprimía a sus volúmenes un oculto latido acauchutado.

Me parece que te leo el pensamiento, hermano lector, y que me pides diga muy en particular el decurso de mis aventuras en el tiempo que fui amador de Calíope. Por ahora debe bastarte saber, lector ecuánime, que ella se desperezó ante mí sin ganas, por echar atrás la cabeza y exponer a mis ojos su cuerpo elástico, pasándose el envés de una mano por debajo del mentón, y la palma de la otra por la nuca, sin duda para mostrarme inconscientemente sus lugares favoritos que yo hube de acariciar en largas sesiones satiríacas.

Típico cruce de cupletista y marino mercante, Calíope resultó lo que pudiéramos llamar hembra que se abrasaba al tacto (si tengo tiempo y me acuerdo, quizá más adelante transcriba algunas notas de mi clasificación de niñas por razas y humores, según mi tabla de hembras), como deduje a primera vista. Debo confesar que en la escala graduada de mi feminógrafo, Calíope arrojó, desde los primeros tanteos, una proporción del ciento por ciento de capacidad sensitiva.

Veámosla.

Labio inferior pretendidamente colgante, debilidad consciente del párpado superior, raíz nasal descaradamente plegable, lacio abandono en oblicuo de la cabeza, marcada disposición a exhibir dotes patentes al más ciego, inclinaciones todas que aproveché haciéndolas concurrir en un punto (perspicaz trabazón, como verás) fingiéndome inexperto en aquel arte que ella cultivaba con entrega de inventor y dominaba exquisitamente: la natación.

Oigan ahora la voz de Narciso el astuto.

Eres maravillosa, Calíope. Yo apenas si sé flotar un poquito, y eso porque esta agua es más densa que las otras.

Oh, es muy fácil (abría los brazos por primera vez, Lucifer mío).

Pero, Calíope, yo soy muy torpe, palabra de honor.

Yo te enseñaré.

No. No me atrevo (astucia).

No seas tonto. Vamos al agua.

Bien. Si te empeñas. Pero si me pasara algo...

Eres un tontito. Ea, al agua.

Oh, claro, eso, al agua, al agua, al agua.

Comenzó el aplicado discípulo su instrucción de braceo al amparo de aquel tibio y cariñoso salvavidas articulado, cuya mano experta acudía con presura a reforzar la línea de flotación del zozobrante neófito. Y pronto aquellas manipulaciones submarinas, a la sazón de apariencia decorosa y deportiva, daban los resultados previstos. En menos de dos sesiones, ciudadanos que me escucháis, mi sugestiva sirena doméstica, mi redondita anfibia (cuánta sal libé en su boca, con cuánta me alimentó su piel dorada, no sé cómo decirlo, todavía hoy se estremece el pico de mi pluma), se entregó a mí.

No te espantes de saber que ayer, como si dijéramos, la acababa de avizorar sobre su escollo preferido, incógnita, verde, fortuita, con mi catalejo extensible, desde mi barca impecable, y hoy caía vencida de espaldas, furtiva y madura, sobre el fondo de la navícula, cien veces tálamo de letárgicos paroxismos y pozo negro, otras tantas, de torpezas túrbidas e inconfesables, cuya exposición en estas páginas me llevaría muy lejos. Diré, para terminar, que al mes y medio yo me rompía la clavícula haciendo exhibiciones, ante la chiquilla, del doble salto mortal, sobre un rompiente, cesaba la temporada estival, por otra parte, y ella quedaba embarazada, para morir, poco más tarde, de sarcoma mixoblástico.

Antes de seguir con la relación del mobiliario, iniciada más arriba (si algún día tengo tiempo ordenaré estas páginas), y por aportar algunos datos para este estudio comparativo de caracteres hacia el que, al parecer, deriva mi narración, y porque a la persona, de la que ahora deseo tratar, también otorgué un nombre divino afectado por el sufijo *Li,* lo que nos sirve para entroncar con el capítulo precedente, diré que el verano pasado me volqué sobre una belleza estática, porosa y rezongona, a quien coroné con el nombre de Polixena.

Datos personales. Pelo blando, ojos desteñidos, mamas de esponja, orientadas a los lados, y mácula del tamaño y color de una moneda de cobre antigua, ligeramente jaspeada, en la ingle. Siendo mujer de pocas palabras (como las focas, apenas era capaz de lenguaje), de natural solitario y deshabitado, y más dispuesta a la contemplación que a la acción, Polixena sabía refrenar sus impulsos transitivos, por decirlo de una manera académica. La razón de ello estribaba en que Polixena era fría y húmeda, a diferencia de Calíope que, siendo también húmeda, era cálida. Todos los médicos desprecian la frialdad por inútil, cuando sobreponiéndose al calor, ni al estómago deja cocer los manjares, ni a los testículos hacer simiente eficaz, ni a los músculos menear el cuerpo, ni al cerebro raciocinar. Razón tenía Heráclito cuando repetía aquello de «cerebro seco, preclaro talento». Y si no, notad que ningún bruto existe tan húmedo como el cerdo, ni tampoco de más menguado ingenio. Por ello Píndaro, para tachar de necia a la gente de Beocia, les llamó guarros.

Si bien debo confesar que me traen sin cuidado las cuestiones relativas a lo que llaman «sexo», en el suelo hay esparcidas algunas fotografías. Calíope desnuda, Polixena y yo, y otras varias de amigas mías que, por no ser prolijo, renuncio a detallar, lo cual me da oportunidad para proseguir con los objetos de mi nido, pues creo que antes no terminé de enumerarlos todos y pienso que pudiera seros cosa de interés, por que conozcáis hasta los nimios detalles que a mi vida se refieren.

No os dije que el suelo alfombrado de mi estancia es de césped granate, y que sustenta un rico mobiliario que a renglón seguido detallo:

1.   En el centro de la sala.

a.   Sofá otomano de damasco esmeralda, sobre piel de oso polar de la que, gracias a mi irreductible testarudez, no se suprimieron las garras ni, en singular pugna con la testarudez de mi madre, tampoco se limaron los aterradores colmillos.

b.   Viejo xilófono, cuya capacidad de emitir ruido abarca tres octavas con sus sonidos intermedios.

2.   Contra la pared.

a.   Platónico lecho individual, de caoba tallada, con apliques de bronce y colcha de becerro.

b.   Robusta biblioteca que alberga en sus plúteos, entre otros libros, dos colecciones bilingües,

de Clásicos Griegos en piel azul celeste una, y de
Clásicos Latinos en verde vejiga la otra, dos
enciclopedias ilustradas, varias novelas policíacas,
libros de psicología, paleontología, con otros volúmenes de botánica y varios manuales de jardine-
ría, un diccionario de la mitología universal (550
ilustraciones) y tres tomos titulados «Antología
del Desnudo en el Arte», (Tokio, 1969), etc.

    c.   Mueble cúbico (junto a la ventana) de cua-
tro cuerpos en cuadro, órgano de información
y estímulo, arriba, integrado por dos aurículas
(receptor de radio y de televisión respectivamente), y dos ventrículos, abajo (bar y tocadiscos).

    d.   Larga mesa que, en este momento efímero,
y de izquierda a derecha, contiene los objetos que
enumero a continuación:

Testuz de macho cabrío alpino, en las estrías de
cuya cornamenta todavía se aprecian los residuos
del lápiz labial de Calíope, carmín pálido del que
estuvo embadurnado una noche orgiástica. (Ella
y yo solos, hace dos años). Jaula hemisférica con
enrejado de alambre, la portezuela siempre abierta, y piso de vidrio recubierto por gruesa capa de
serrín. Librito en octavo, de cubiertas blancas
encartonadas, con lomo y cantonera en piel negra,
«Libro del Apocalipsis, el último de los libros
proféticos, con notas y comentarios». Un sobre
rosado, vacío y sucio. (No preguntes más, lector,
lo sabrás luego). Y finalmente un ratoncillo blanco, metódico e instruido, que nunca se avino a mi

grosera desidia ni a mi larvada destemplanza. No sé cómo explicar todo esto. Roedor por herencia, tímido por complexión, meditativo por circunstancias, mi diminuto compañero, Mus Musculus, provisto del latiguillo de sus miradas intolerantes, sus posturas estudiadamente recatadas y su mordaz silencio, flagela las más íntimas fibras de mi dignidad humana. Él sobrelleva con alegría mortificante un severo régimen de lechuga y una absoluta dieta de abstención venérea. Soy persona bien dispuesta, como puedes ver, pues soportando la higiene y compostura del despreciable animal, y su afectado aplomo, aplico a mi persona como correctivo su buen empleo. Diré más. Doy por gran ventura haber topado con él y puéstole delante de mis ojos. Pues de lo contrario pienso que sería yo peor de lo que soy.

Tengo para mí que el orden narratorio en curso no está resultando cronológico, ni siquiera temático. Despeinados se me ofrecen al recuerdo los acontecimientos, y en el ánimo se me atropellan en este instante brumoso. Y temo que ellos (escoltados por las sendas libaciones de champaña con que festejo, desde el prefacio, el remate de cada punto y aparte) vengan a alterar de alguna manera el curso natural del relato. Ah, y un guante (he olvidado decirlo), hay también sobre mi mesa un primaveral guante calado (sólo uno, de la mano izquierda), en perlé crudo, que me dará motivos para demorarme en otro lugar.

Con estas reflexiones, acaba de proyectar mi mente un primer plan de economía. Son más de las dos de la madrugada y este descargo debe estar referido para el amanecer. No sé si lograré someter mi pluma a tal empeño, pues el alcohol, purgante de estancadas emociones, diluye mis pensamientos en esta pastosa diarrea emocional en la que me difundo. Haré un esfuerzo por volver al tema de Lía que, como ves, por todos los medios trato de evitar.

De todas las novillas domé la cerviz. Pero esta última no quiere sufrir la dura carga del yugo que unció a Hermes y Afrodita. ¿Sus débiles fuerzas alcanzarán a resistir el ímpetu del toro cuyo cuerno ardiente inflamó Amor? Mas un feliz asilo nos llama a los dos, cuando otras primaveras rieguen nuestras cenizas con llanto tibio, en la pradera esmaltada, junto a los saucedales donde crecerán otros enamorados que se besen cogidos de las manos, aromado el cabello lustroso, los labios consagrados a los contactos, y los pechos y caderas bañados en fragantes gomas silvestres. Disfrutaré del vino que enlaza, en la sombra de mi mente, tu amistad, pequeña niña, a la mía, vertiendo con mano fantasmal sobre tu nuca esencias verdes, y coronando, tras el banquete de Venus anfitriona, tu sien con el húmedo apio y el floreciente mirto. Enloquezco, y me es dulce enloquecer, Lía mía, cuando sé que ya nunca jamás podrás acudir a mi convite. Y atravesando este ineludible trance de paroxismos (dejadme, dejadme, soy un ave Fénix que vuelve a resurgir de sus propias cenizas), iniciaré la nueva secuencia derramándome por vía de evocación reverencial:

Divinal Lía, mi virginal reclamo, instigadora. ¿Dónde estás ahora, arrogante y testaruda Lía?

«Arrogante y testaruda Lía», sílabas proferidas mentalmente cuarenta minutos más tarde (conscientemente me remonto por el hilo de araña hasta la hora cero) de aquella nuestra primera toma de conocimiento mutuo en la playa. Sílabas harto diferentes de aquellas otras que mi interior cauteloso elaboraba para apaciguar a mi interior voraz, conforme mis sentidos todos, en sublime escalada, tomaban posesión de aquella rica piel, y que venían a decir algo así como «vaya, vaya, conque resulta que aquí tenemos a la pequeña vestal de la familia», o cosa parecida.

Y mi madre, «vamos, no seas tímido y besa a tu primita».

Al momento mi morro retorcido se desenrolló con sumisión, para acatar las órdenes de mi hacedora (la mejilla de Lía estaba madura, con la carnosidad y aspereza de los frutos en baya), mi mano sin soltar todavía la suya.

«Ya está», exclamé con énfasis.

«Ya está qué». Era ella, mi niña, la que hablaba. Qué sonoridad tan apacible en la esquila de su garganta, y qué delicadeza en su reticente bisbiseo.

«Lía, eres maravillosa». Liberé a borbotones

burbujitas de jabón que se desbordaron de mi boca.

«Yo no me llamo Lía».

Ay, agarré la serpiente por la cola. «Schsss». Le puse la yema del dedo índice en los labios. «Tú eres Lía, y no se hable más del asunto».

«¿Por qué?»

«¿Que por qué tú eres Lía, o que por qué no se hable del asunto?»

«¿Por qué tengo que ser Lía?» Y levantaba su naricita al cielo, en un respingo de ardilla sorprendida, de ángel rebelde.

«Pues está claro. Yo te pongo ese nombre porque me gusta», concluí alargando mi trompa para exhalar el perfume de sus cabellos.

«Pues a mí no me gusta».

Visiblemente testaruda, amigos míos, lo cual, debo confesarlo todo, no me gustó entonces, aunque luego lo usé para mis horribles fines. Suponiendo que sea ése el término exacto. Siguiendo el consejo de Séneca («Para hacer callar a otro primero debemos guardar silencio nosotros»), no dije más y silbé nerviosamente a un perrillo que acudió puntual a lamer el zapato que lo despacharía de un puntapié.

Y mi madre, «hale, hale, todos al agua» (y como la botonadura de la blusita de mi prima recorría su costado hasta la axila, y sus manitas blandas, con dedos de doncella que aún no habían aprendido a agarrar las cosas, operaban con dificultad allí

44

debajo), «y haz el favor de ayudar a tu prima a desabrocharse ese botón». Mi madre llamaba siempre a esto «sé un poco más galante con las damas, chiquillo».

Sí, mamá.

No pretendo desviarme de mi propósito, pero creo que ha llegado el momento de dar una satisfacción, aunque no sea más que en dos breves notas, acerca del nombre que impuse a mi prima. Bástete saber que la diosa Lía era la divinidad femenina de la luz pura (personificación de la luna) que envía sus brillantes dardos (arco en mano, carcaj terciado al hombro) de acción bienhechora. Prototipo de belleza moral y física, virginal (sus sacerdotes eran eunucos como bueyes), celosísima de su castidad (en todo momento acompañada por una jauría de perros carniceros), cazadora y selvática (siempre prefirió el fresco bosque al austero santuario) y protectora de las muchachitas que todavía no habían abierto su llave de paso (dicho de una forma gráfica), los campesinos le consagraban las praderas y los pastos no hollados por uña de ganado. Lía metamorfoseó en ciervo (y disparó después sobre él, queridos niños) a un osado cazador que furtivamente se dejó caer un buen día, a la hora del baño, por los alrededores de la fuente de Pasteinos, nemoroso cuarto de aseo de la diosa.

Segundo movimiento. «Las manos de Lía despojan a Lía de sus prendas exteriores». Dicho más precisamente: «Lía es ayudada por su primo hermano a despojarse de su blusita». De otra manera: «Las vestiduras de Lía son arrancadas por un demente». O más bien: «Una jovencita es desnudada, forzada y finalmente arrojada al fondo del mar por un primo suyo». Última hora: «Un hombre vestido de negro arranca a mordiscos las prendas de vestir a una niña, abusa de ella entre las rocas de un acantilado próximo a la playa, y, tras succionarle la sangre, se encierra en un ataúd para no ser molestado en su disgestión».

El caso es que Lía, desembarazada, encasquetaba sus glándulas nacientes y sus partes pudendas en un sucinto «dos piezas» rojo rusiente.

Y al agua, y no se hable más de ello.

El agua estaba gélida, palabra de honor. Nadamos, sí, nadamos simplemente, al principio, sobre la superficie del piélago inmenso, uno junto al otro como dos unidades heterogéneas, submarino y goleta, pongamos por caso, que deliberadamente se ignoran e inconscientemente se vigilan.

El submarino, de pronto, abandona la superficie en lo que llaman los estrategas «inmersión de reconocimiento». Sumerge su ojo abierto el escualo, y pronto distingue en el líquido borroso la tierna pantorrilla. Es fuerza que si eres desgraciado, comprensivo lector, sabrás compadecerme. Por lo que dice Virgilio, que cuando se es desgraciado se ama a los desgraciados. Describiré, para ti, viejo amigo, los pormenores del resto de aquella alucinante escena.

Mi mano, con la apariencia del inocente festejo infantil, hizo presa en la pantorrilla carnosa que se escurrió con un coletazo de tiburón. Aquel joven cuya fama no es celebrada por su altanería, saber y atrevimiento, es sin duda un excremento de su madre.

«Tonto», fue el primer sonido extramarino que capté a mi vuelta al medio ambiente mamífero. Ahorraré al lector varias páginas de anotaciones sobre psicología femenina, diciendo con un autor sagrado aquello de que «toda malicia es insignificante comparada con la malicia de la mujer».

Por superfluo que ello parezca me veo obligado a afirmar aquí que su rostro estaba mojado y sonriente, sus cabellos pegados a la cara, el iris de sus ojos areolados por la irritación salina (qué secreto escozor, sin duda, en todas sus glándulas, pensé), su boca repleta de agua salada, y todo ello recreado por mí bajo el arabesco de la luz del foco infinito que el caleidoscopio de mis pestañas mojadas desintegraba en mil pedazos coloridos y caprichosamente cambiantes. Fue entonces cuando yo ensayé mi mejor gesto de tritón (lo imaginé, supuestos mis cabellos en cortina sobre las cejas, con el ceño fruncido, los ojos desorbitados, los caninos patentes, rígidas las garras y anquilosadas a ambos lados del tórax), gesto subrayado por una banda sonora de alaridos de óptimas calidades diatónicas y libreto de solas vocales de predominante en *u* como *ua, aui, ou,* etcétera (soy un monstruo ingenioso y atractivo).

Mientras, mi tierna sirena, tras un «qué miedo, mamá» pretendidamente cómico (versión oral de su delicioso aspaviento horripilado), se daba a la fuga chapoteando entre su propio cloqueo y el jadear de las poderosas olas.

El tritón, obrando en consecuencia, siguió su blanca estela, con renovado aparato de rugidos horrorosos. La nereida ganó el litoral y, exhausta, abandonó su cuero rutilante en posición supina sobre una toalla de colorines. Y el monstruo, sin desertar de su ya no disimulada intención se derrumbó a su lado, revolcándose en la arena abrasada y aullando. Y así rebozado, el animal descansó junto a la sirena para admirar con un ojo el movimiento sincopado de la frágil boquita del pececillo, que daba acceso al oxígeno en anhélitos ritmados por el bullente globo de su barriguita de celofán. Ay, amigos míos, cuántas algas perfumadas latían en la úvula de su garganta fresca, y qué maraña de sargazos se contorsionaban en el fondo de mi umbrío vientre.

La cara posterior de aquel cuerpo bronceado y desnudo que yo había poseído, sin poseerlo, desde hacía muchas horas, se patentizó, como el estallido sorpresivo propio del íntimo brote vital y placentero, por la súbita captación de lo maravilloso y lo perfecto aún no conocido pero instintivamente ambicionado, capaz de infinito y de simultáneo dar y recibir, cuando ella, tras una media vuelta, quedó tendida sobre su abdomen. Cantaré la fina envoltura satinada de sus omóplatos, el brillo del surco tobogán todavía húmedo de su espalda, la hondonada de su estrangulamiento lumbar y el brusco ensanchamiento que pronuncia las pendientes (oh, qué redondas nalgas de goma se adivinan y qué turgentes bajo la diminuta y tensa pieza de tela), la dorada pelusa de sus muslos, el mollar promontorio de sus pantorrillas, las plantas de sus pies, tapizadas de arena blanca. Y así, en tan muelle posición, echó ambas manos a su espalda, y con esa ágil manipulación que caracteriza a la mujer postedénica, soltó las trabillas del sujetador, y la espalda manifestó por entero su pulpa blanda. Una locomotora gigantesca irrumpe fragorosamente en mi aposento y lo atraviesa de pared a pared. En la estancia el humo se demora por los rincones, y Lía ya no es para mí más que una desmoronada figura de arena. Mil veces dije a mi corazón: «Adelante, pruébalo. Disfruta del bienestar». Regalé mi cuerpo y me entregué al desvarío hasta ver en qué consistía la felicidad. De cuanto me pedían mis ojos, nada les negué, ni rehusó mi corazón ninguna alegría. Y atrapé vientos, Salomón amigo, que ningún provecho he venido a sacar bajo el sol, sino el hastío y el desaliento.

Murió Calíope (no recuerdo si ya lo traje a colación), y el verano pasado alargué la mano a través de la densa niebla de mi tedio para procurarme a Polixena. Mas, ay, si por ventura hubiera sido ella, aunque fría, de temperamento húmedo (como dijo Aristóteles de las hormigas y las abejas que, en prudencia y saber, pueden competir con los humanos). Y así transcurrieron los días. Que mientras el asiduo colono marcaba el ganado bajo la encina y aguzaba estacas con que clavar la cerca del plantío, o esperanzado arrojaba el grano al surco, o la campesina quebrantaba gozosa la semilla y cargaba el agua en el asnillo a quien azuzaba con dócil mimbre, o pobres frutas liaba en su regazo, yo me entretenía en amar a Polixena bajo la fresca fronda. Pero vamos, muchacho, enfréntate al recuerdo.

Perdonad esta interrupción, amigos, y comprended que otro como yo hubiera abandonado ya tan ardua empresa. No divagaré más y sumergiré en el hielo mi remembranza incandescente. Habíamos abandonado a Lía en su deliberado empeño de exponer su espalda al aire. ¿Cómo interpretarías, lector cabal, esa acción de apariencia aséptica? ¿Nos encontramos ante un caso de simple liberación de la tan femenina opresión torácica? ¿O se trata quizá de un vulgar intento de bronceamiento uniforme? ¿O más bien será un intento de algo más transitivo? Me interrogaré más concisamente. ¿Liberal y gratuita oportunidad otorgada a mi mano ya temblorosa? Si presumo el hecho como propuesta, ¿en qué grado la receptibilidad?, si como invitación larvada, ¿algo más que una oferta optativa?, y si la conceptúo como manifiesta ¿acaso solicitación formal, o coquetería femenina en primer grado?

A cualquier cortejador aficionado, le sería imprescindible establecer una discriminación previa para no errar al primer intento en unas relaciones todavía embrionarias. La súbita aparición de mi padre sacó de dudas a mi mano indecisa que, aunque ya había despegado y ahora sobrevolaba sus objetivos predilectos (talle, costados), sin embargo no se había aventurado aún a hacer escala. Bombeé deliberadamente un regüeldo agrio desde el pozo de mi estómago y dije algo parecido a esto: «Lía, mi padre». Como si dijera: «Lía, se aproxima peligrosamente un bicho que tú todavía no conoces pero que ya te caerá encima», y estremecí involuntariamente mi labio superior, con movimiento epileptiforme (legado paterno).

Me veo impelido a explicar esto último.

Sabed que mi padre ha hecho vibrar convulsivamente su labio superior a lo largo de cincuenta y dos años, en el diálogo o en el silencio, durante la masticación o el sueño, cuando su persona se mantiene como protagonista, cómplice o testigo de una situación engorrosa. Estúpido tic que, en frase de tiíta Flor (tomada de una conversación privada acerca de los bienes raíces de no correspondencia legal a colaterales), «es claro indicio de mezquindad», morbos ambos que yo he heredado de mi progenitor. He creído, amable lector, que resultará de no despreciable utilidad para completar tu estudio, conocer algunas maneras de mi padre que puedan tener algo que ver con las mías. Pero mejor salpicar de ello el cuerpo de mi discurso, con breves esbozos acá y allá, según lo tercie la ocasión, que no gravar tu paciencia con un oneroso capítulo biográfico. Que aunque esto último diera mucha gloria a mi pluma, por piedad filial no lo llevaré a cabo de un solo golpe.

Sigamos adelante.

No esperé a que mi padre, cejas arriba (es su más inquisitorial apostura, ya que su timbre fónico, en un supremo esfuerzo de gravedad, logra un tono que rara vez se sumerge a mayor profundidad que el re bemol), me jeringase sus trascendentales disyuntivas acerca de mi escandaloso comportamiento lúbrico. Por lo que le salí al paso diciendo, «hola papá, ¿no conocías a tu sobrina?», en un fácil intento de conciliación de la diplomacia y el cinismo. Pero tampoco nos detengamos aquí, y sigamos picoteando el granero de recuerdos con criterio de selección fijo.

«Primita. Te reto a ver quién es el guapo que nada antes hasta aquella roca de allá».

Cariñoso diminutivo de arranque, implícita inmunidad sexual por alegación de parentesco próximo, juguetón desafío, inofensiva roca costera, noble competición deportiva. Amañaste la fórmula ideal, inteligencia mía, siempre fiel en tu lugar superior, sabiendo ocultar en tan ingenuo gesto tanta torcida intención. Compruébelo el lector. Nos encontramos ante una frase perfectamente incomprometida, carente de cualquier viso de originalidad que pudiera llamar la atención de la chiquilla. Incluso acerté a dotarla de ese gracejo infantilesco con que los niños saben adornar sus oraciones subordinadas, al imprimirles cierta inestabilidad en la textura sintáctica.

Tuvo mi vulgaridad la favorable estrella de hallar satisfactorio eco en la joven virgen que, al punto abandonó la arena, y tras regalar mis ojos con un par de corvetas de potrillo, saltó al piélago poniendo proa de inmediato hacia el escollo. Yo la dejé hacer, e hice sonar con fruición el cascabel de mi cola. Después me sumergí pesadamente y nadé a buen ritmo (cuánto fragor en mi sala de máquinas) tras el incauto animal, sin dejar en ningún momento de sonreír al peñasco cómplice, lecho duro y cada vez más cercano, del estupro.

Era la estación de la floresta opaca, cuando vestido de frutos, opulento dobla el almendro sus fragantes ramos, y el labrador medicina el racimo verde bañándolo con nitro y negro alpechín para que en el falaz sarmiento cuajen mayores granos y alcancen la grosura deseada, y lo poda porque no degenere, que si la humana industria no hiciera cada año nuevo escrutinio con mano asidua (universal destino), vendría a menos poco a poco hasta dar en nada. Es hora, pues, de poner lazo a la grulla y red al ciervo. Acosa a la liebre orejuda, amigo, y persigue al corzo mientras allá por las alturas todavía en hielos se derrite el arroyo.

No debéis imaginar que tanto me cegó el optimismo como para pensar que aquello era pan comido, como se dice. Conocí, y a la sazón en todas las posturas, a muchas niñas (séame dispensada la inmodestia), y el primer golpe de cerebro, en esto, no me traicionó jamás. Es muy sencillo, al ojo del buen conocedor, discernir aquella condición femenina que se delata en cualquier ademán insignificante: forma de pararse sobre un pie, de dejar caer el labio inferior o mordisquearlo, restregar el mentón contra el propio hombro, etcétera. La lujuria de la mujer, se dice ya de antiguo, se muestra en la mirada de sus ojos, en la caída de sus párpados y en su pestañeo. Cual caminante sediento ella abrirá la boca, y de toda agua que se tope beberá. Ante cualquier clavija de tienda de campaña, impúdica, se sentará, y a toda saeta ella abrirá su aljaba. Mi amplio estudio, basado en múltiples confrontaciones, puede aportar algún dato sobre el particular. Escuetamente. Si atendemos a la (a) anatomía, (b) productividad o (c) calidad retozona de la niña en general, podríamos establecer una clasificación de este tipo.

(a) Niña de lujo, niña de bolsillo, niña de carreras, niña de caza, niña de bellota, niña de lanas, niña pura raza y niña perdiguera.

(b) Niña de cría, niña de consumo, niña

de labranza o doméstica, niña de carga, niña lechera, ponedora y de tiro.

(c)   Niña pública, niña de parada, niña de paso, niña de rapiña, niña de campaña o silvestre, niña de fogueo, niña de corral y niña rastrera. Por poner algunos ejemplos más comunes.

Y ya escalo la roca en una de cuyas húmedas cavidades blandamente abandona su lomo mi presa. Su carne recibe el sol de frente (el sol casi en su cenit, ella casi supina, yo casi íncubo) sus brazos a ambos lados del torso aspirante-impelente, la cabeza abandonada hacia atrás directamente contra la peña, las piernas inconscientemente entreabiertas, la izquierda levemente flexionada. E hinqué en la roca ambas rodillas ante aquel cuerpo. Y me detuve en su contemplación, observándolo primero con filtro rojo (sobre conglomerado granítico tinto en sangre seca, su busto en erupción), con filtro azul (pelillos vegetales en su sien mojada, polvo astral en sus brazos, labios pavonados), con filtro amarillo (ojos glaucos, boca espolvoreada de canela). Ni me sonrió, sin duda pensando: «A tu criado no le hartes de pan y no te pedirá queso».

(Digresión). Entiéndase que yo conocía de antiguo el protocolo, y ya se arrancaba mi organismo hacia un nuevo abismo, con la seguridad del actor que ha representado el mismo papel sobre similares escenarios. (No quedaba lejos el caso de Calíope). Solamente faltaba allanar algunas dificultades previas, ciertas formalidades de trámite,

55

como diría un agente de seguros, según se declaran a continuación.

Lía (improvisé).

No quiero que me llames así.

(Mal suena el instrumento de mi pecado). Lía (repetí y mi mano filibustera zarpó resueltamente hacia el botín de su vientre). Lía (iba a repetir de nuevo para acostumbrarla), pero ella saltó al agua como una rana asustada y nadó hacia el continente. Era la segunda vez que mi mano retornaba de vacío. Una de esas embarazosas situaciones en que las zonas de lo fallido disputan el terreno a lo grotesco.

Maldije mi vida estéril. Mas como en lo tocante al esfuerzo personal tengo por bueno lo que el Hitopadeza estima por generosidad cuando dice que «en un regalo, en una boda, en una desgracia, en un acto heroico, en un pariente próximo y en una mujer hermosa, en cualquiera de estos seis casos, por mucho que se gaste, oh rey, no hay despilfarro», salté detrás de aquellas ancas vertiginosas. Mi entendimiento discursivo, así refrescado, procedió al punto a reforzar con razones poderosas los motivos caprichosos que mi natural lascivo aducía con gratuidad por satisfacer cuanto antes su voraz apetito. (Había saltado el resorte que pone en funcionamiento esa viril maquinaria rebelde y ansiosa, caballeros).

(Natural lascivo). Será mía y huiré con ella mañana mismo (Entendimiento Discursivo) *dado que* si no lo haces pronto piensa que no podrás llevar a cabo tu sueño jamás.

(Natural lascivo). Lamerá mi labio superior antes de veinticuatro horas (Entendimiento Discursivo) *porque* no debes dejar para mañana lo que hoy puedas hacer.

(N. L.). A la madrugada caerá en mis brazos, (E. D.) *teniendo en cuenta que* existe una larga tarde por medio para que el hurón pueda sacar el conejo de la madriguera.

(N. L.). Y a la noche, zas, (E. D.) *previendo desde ahora que* la noche trae lunas que levantan la marea.

Compréndeme, lector impasible, y pondera con qué turbadora inquietud fue arrojado contra aquel rosado peñasco el cascarón de mis deseos juveniles, neófito todavía en decepciones amorosas, y qué agonía frunció los músculos de mi vientre. Se precisa tiempo para maquinar con cautela, me dije. Pero no pude aguardar hasta la tarde para comenzar a tejer mi plan.

Por lo que, abandonada eventualmente la presa inmatura, ocupé el resto de la mañana en proyectar, calcular, tramar, siempre laxo sobre la muelle arena, los ojos cerrados bajo la penumbra de unas gafas oscuras, dirigiendo el curso de los hilos destinados a urdir esta bonita red: Llegará el momento del almuerzo, pensaba para mí, y sin duda mi madre, durante el rito del pomelo («el pomelo como aperitivo adelgazante», entronizado por alguna revista femenina, supongo):

«Hijo, ¿por qué no vas con tu primita a dar un paseo, y así le muestras los alrededores de la finca?» Debo deciros que siempre mi madre se inclinó a que nuestros huéspedes se percataran bien de nuestras inmensas posesiones. Y después añadiría un cariñoso «¿te gustaría, pequeña?», soplando en la oreja de Lía. La pequeña no levantará la nariz del pomelo.

«Esta tarde no puedo» debería salir yo al paso. Y a continuación, «estoy citado con unas amigas a las que no puedo dejar plantadas».

Ahora Lía levantará la nariz, con lo que quedará probada, una vez más, mi rara habilidad de intrigar a las mujeres.

«Sí, claro que sí» (Lía respondería ahora al «¿te gustaría?» de mi madre).

«Oh, mamá», remacharé yo para pulsar la última palanca que pondrá en marcha aquellas dos femeninas máquinas de contradicción, «hoy no puedo, no insistáis, otro día será».

Por último me veré obligado a acceder, gesto galante, porte altivo, sonrisa condescendiente, a tan redobladas y unísonas insistencias de madre y prima. Y ambos, mi virginal consanguínea y un servidor, este mismo atardecer marcharemos a caballo, alejándonos lo suficiente como para que no se oigan los ficticios aulliditos de rigor de una clásica virgen violada.

Recuerdo tan grueso acervo de detalles con

tanto pormenor, porque me vi precisado a repasar mentalmente cada uno de los pasos del ambicioso proyecto que, una hora más tarde, durante el almuerzo, debería llevar a feliz término. Sé muy bien que estancarme en este tipo de minucias puede parecer baladí, pero debéis creerme que no nos alejamos de nuestro objetivo. Ahora lectores, brindad conmigo, desde vuestro futuro, por el buen éxito de mi plan. Pero no siempre es de los ligeros el ganar la competición, ni de los esforzados la victoria en la pelea, como también hay doctos sin pan y almas sutiles sin pies, como escurridizos peces en la red e impetuosas aves en el cepo.

La camarera había comenzado a partir los pomelos cuando mi madre se miró las uñas para dejar caer:

«Querido. Tu primita no conoce todavía nuestra finca».

Lo sabía.

«No puedo, mamá, compréndelo, esta tarde he quedado con unas amigas».

Recosté la cabeza en un rayo de sol.

«Nada, nada. Acaba de llegar tu primita», etcétera.

Sentí cómo una pata de Lía ya tocaba los hilos de mi red.

«Esta tarde estoy citado con unas amigas. Vosotras debéis comprender (ahora pluralizaba deliberadamente para implicar también a Lía) que no puedo dejarlas plantadas así simplemente porque se le ha ocurrido venir a una prima mía».

Aquí seccioné mi discurso, al comprobar que Lía levantaba la cabeza. Y aguardé, durante una larga fracción de segundo, a que se disparara su mecanismo de contradicción, según las instrucciones.

Ignoro si algún lector se ha visto en el trance de endosar un cachivache engorroso a una mujer, llamando a su puerta. Si esto no ha sucedido le advertiré de la importancia del primer silencio, para provocar esas situaciones críticas tan lindamente explicadas en los manuales del perfecto vendedor a domicilio: ese supremo instante de silencio que *deberá* ser roto por la cliente, haciéndonos una pregunta, como si buscara asegurarse de que lo que acabamos de exponerle no es una broma para algún concurso radiofónico. Se dice de este momento que, quien primero habla, pierde la batalla. Por eso, *silencio*. La cliente está pensando.

Pero Lía no dijo nada. Simplemente había dado fin a su pomelo. En sus labios advertí que había algo de la terca impasividad de esas divinidades tribales que contemplan sonrientes los sacrificios humanos. Rectifiqué sobre la marcha todo el proyecto.

«Está bien, está bien, ya que os ponéis así, esta tarde saldré con mi prima a dar una vuelta por los alrededores».

«Yo, desde luego (por fin opinaba la muy zorra)

no tengo el menor interés en conocer los dichosos alrededores, pero si mi primo se empeña».

Y levantó al cielo las cejas, los ojos entornados, y los hombros, al tiempo que balanceaba la cabeza (¡demasiada liebre para tan poco galgo!), gestos todos que daban a entender el alto grado de condescendencia de quien lleva a cabo la buena acción de transigir con los caprichos de un pobre pariente lunático. Oh, pozo negro de mil astucias y trueques, amasijo de irritante y femenino cinismo (aporreo frenéticamente el teclado de mi reducida escala lexicográfica, aun a riesgo de repetirme). Qué exacta, qué concreta, qué rotunda manera la suya de retorcer situaciones con argucia luciferina. ¿De dónde a mí con tan perspicaces ironías? ¿De qué provocativas profundidades tal inversión de términos? Tonto de mí si llegué a pensar que Lía sería menos diabólica en el manejo de la sutileza que el resto de las mujeres. Estimé que no era manera aquella de tratar a un primer cliente. Mas, ¿qué importaba ya mi humillación?, ¿qué mi estado de incipiente esclavonía?, ¿qué cualquier otra forma de sometimiento previo, si el césped y la noche serían lugar de tributo y hora de pleitesía para la víbora?

Arrastraré, sojuzgaré, arrancaré y sepultaré el cetro de su chanza. (Ya no sé lo que digo). El caso es que aquella benévola condescendencia de la infame no evitó que al fin me sangraran las narices. Por cuyo motivo me vi obligado a abandonar la

61

mesa y subir jadeante hasta mi leonera, la misma desde la que ahora relato estos hechos, donde terminé por dar zapatetas de júbilo y dementes palmadas. En atrevido, en desusado vuelo me arrojaré a los abismos, biforme ser, al oscuro albergue de los trasgos. Ya mis piernas se cubren de áspera piel, ya advierto mi vientre y mi cuello endurecidos, mi pecho de cartón, mis garras yertas, el vello de mis pómulos, el fúnebre clamor entre mis dientes rotos. Y esperé a que el astro rey cumpliera con su obligación de pintar un bonito atardecer estival. Y entonces, ay entonces.

Sí. Yo saldría con Lía en el ocaso, o Lía saldría conmigo, según su brillante retruécano.

Invertí los diez primeros minutos en sosegar mi convulsa mandíbula, tantos como antaño destinaba a inquirir en este mismo lugar y postura (notas que logro situar concisamente en el pentagrama del espacio, no en el del tiempo), la razón última de mis ataques de apatía, cuando la saliva de una de las mariposas de mi red me sabía a almidón y su desflore me reportaba poco más placer que un bostezo. Por aquel entonces me vino al apetito la tentación de dilapidar el resto de mis días entre riscos, sustentando mi inútil armazón con ásperas raíces, cardos y gatuñas, como aconseja R. Bright en su «Diurética Elemental». Quizá debiera haberlo hecho, y ahora mi amada viviría. Pero a nadie extrañará que un triunfador de mis características, al que sólo con extender el dedo le bajaban las palomas, para ese momento ya tuviera cincelada, sobre la dura losa de aquel despecho, la teoría de un deber sagrado. Discúlpenseme de nuevo estas excursiones fuera del relato, y tómense en consideración mis repetidos conatos de poner orden en esta maraña, pues no me resulta fácil calcetar las ideas. Pero dejemos esto y vengamos a la media tarde.

Serían las seis cuando me determiné a pisar las caballerizas, donde suministré algunos terrones de azúcar a mi compinche, un animal blanco y manso, mudo y único testigo de mi triunfo en ciernes.

Seguidamente, ordené ensillar aquel manso amigo, y también aquella otra yegua que, aunque todos dieron en llamar Dolly (como se llaman la mitad de ellas), yo la hubiera llamado «Hurricane», «Dinamyte» o «Thunderbolt» (como se llaman la otra mitad). Ordené también que se sacaran ambos animales de la empalizada, que a mi pobre prima se le proporcionaran los arreos de amazona, y que le anunciasen, de mi parte, que acudiera a aquel lugar al filo de las siete.

Devanaba, cavilando entre mí sin éxito, el cúmulo de azares y reveses, e indagaba las secretas mociones de ellos, mientras una oleada de luz y otra de angustia me barrían la cubierta o me alzaban por los aires. Y me decidí a arrastrarme ante los Hados impertérritos para inquirir los designios de quienes tiraban de mis pantalones con tanto brío hacia el infierno, a impulsos de no sé qué eximios principios, me disparaban hacia una indefectible e insospechada apoteosis. No es momento de perseguir razones, me dije, sino de rogar a esos mismos Hados que la blanda frescura de la opacidad vespertina caiga cuanto antes sobre la carne viva de mi impaciencia.

En estas razones y discursos, y en otros similares (todos ellos igualmente ociosos) me quedé parado y traspuesto en actitud de espera, junto a la cerca, mordisqueando un tallo de amapola somnífera, hasta que al fin, con sobresalto por parte de mi corazón, ella. Eran las siete de la tarde y hacía sol. Y déseme aquí licencia para evocar, aunque no sea más que en forma abocetada, algunos pormenores de esta escena diáfana: Al fondo, telón de foro con horizonte de montaña enguatada, pico inaccesible y colina próxima sobre la que se yergue la perspectiva de la suntuosa mansión de piedra perlina y vertientes de pizarra. Rampas de suave pendiente, alfombradas de césped garabateado por calles sinuosas de guijo tinto. Apliques de macizos integrados por lilas, cinnias y petunias. El sol incide oblicuamente sobre las hileras de tilos, cedros plateados, acacias de bola, estatuas mitológicas y vasos de alabastro. No pasará mucho rato sin que todo ello se torne en eso que, plumas más autorizadas que la mía, llamaron vinoso atardecer. Y, en medio de este lujo, Lía avanzaba hacia el proscenio, hasta un primer término (el fotograma persiste todavía hoy en mi retina ávida), sonriente (oh, Venus propicia, ella sabe sonreír, qué digo, sabe «sonreírme»). Ved su vestido liviano, sin escote, sin mangas, de una sola pieza blanca, corto, con ceñidor al talle (como de vestal ataviada para atizar un fuego sagrado) y, sobre pierna desnuda, bota alta de cuero claro con espuela sonante. Está más delgada, Díos mío, más flexible y alta, con mayor número aún de pequitas en la nariz que su fantasma, tan acariciado desde este mediodía por mis impúdicos palpos. En la mano porta un pequeño bolso de cabritilla, con asidera de larga cadena plateada, y la famosa cinta de terciopelo albaricoque orla y recoge, a modo de diadema jovial, los cabellos de sus sienes. Sus mandíbulas esta vez trabajaban un pedazo de goma de mascar, lo que me dio pie para iniciar los primeros contactos intelectuales.

¿Qué comes? (Yo).

Chicle. ¿Dónde está mi caballo? (Ella).

Ahí. (Yo).

¿El blanco? (Ella).

No. Ése es el mío. El otro. (Yo).

¿Por qué vamos a caballo? (Ella).

Hace muy buena tarde. Y además es más divertido. Pero tú no te has puesto traje de montar. (Yo).

Tú tampoco. (Ella).

Me refiero a los pantalones. (Yo).

Me venían anchos. (Ella).

Si el lector no me conociera, yo tomaría algún empeño en hacer resaltar aquí la matizada sonrisa que me reventó las ventanas de la nariz. Entonces no prescindí del sarcasmo para preguntarme, a ojos cerrados, si aquella criaturilla ya sabía lo que era consagrar la *secreta cosa,* como la llamaba el Dante, a un trote directo sobre la afilada cresta del arzón.

«Voy a por mis botas», casi tartamudeé. «Mientras tanto vete haciéndote con esa yegua».

Y al momento me aparté de allí y recé mientras me vestía: «Padre nuestro, Urano, rey supremo. Plazca a los númenes comunicar a mi corazón tu firmeza e inflamar el rescoldo de la huérfana para que, recobrada la extinguida juventud, temple mis aceros en su abrasado fuelle».

Hermoso e inmortal, levanté mi frente y multipliqué mi mentón hasta el cielo. Y todos los ángeles rurales, asombrados del gesto altivo, se mordieron los labios murmurando entre sí: «¿Quién sabe si después que de aquí parta tendrá que andar errante, como tantos otros, lejos, ay, de su hogar y de los seres queridos?» Y me ponían asechanzas los espíritus selváticos de la tarde, y los que venían del mar hacia el ocaso, en pos de la luz, cantándome al oído: «¿Por qué quieres, tú, mortal, tantas suertes tentar y tan arduas?» Sin prestarles oídos, levanté los mástiles, ordené a mis guerreros que izasen las velas y ocuparan sus puestos, y finalmente aproé mi mascarón hacia aquella isla de difícil acceso, por estar defendida de riscos, pero cuyas blandas laderas ofrecían al aventurero toda suerte de dulces frutas y sabrosos vinos. Noté que había arribado a los primeros escollos cuando oí el graznido de la niña, que no lograba dominar su yegua.

El sol había ya sucumbido, la inmensa menstruación de la tarde manchaba el paño celeste por poniente, y un caballo blanco portando en su espalda dos crías humanas de distinto sexo atravesaba al paso el valle limpio, en dirección a la umbría espesura de lontananza.

¿Es verdad, Lía, que tu padre plantó un árbol en nuestro jardín cuando tú naciste?

Sí.

Entonces, como supuse, tú eres una dríade.

¿Qué es eso?

Una ninfa de los bosques que nace al mismo tiempo que un árbol. Cuando muere éste, muere también ella. ¿Qué árbol es el tuyo?

¿Yo moriré si alguien lo corta?

Claro. (Su mano se crispó en mi cintura).

Entonces no te lo diré.

Una primera espolada trocó el paso del animal en carrera, y lo arrojó al bosque. Lía, la indómita, se sujetó a mis costillas con toda la fuerza de sus incipientes uñas de tórtola. Mi corazón se hinchó de una manera tan desaforada que la camisa me apretó en las axilas. ¿Qué lengua podría referir los padecimientos que allí pasé? Sentí la estremezón de su mandíbula en mi nuca, la densidad de su breve seno en mi dorso, el calor exaltado de su entrepierna en mis glúteos. «En menos de una hora o sufriremos la muerte u obtendremos la victoria», dije con mi maestro Horacio.

Lía era, al parecer, de carnes compactas, y ello, en principio, no me disgustó porque, al decir de Galeno, los blandos y fofos poseen humores melifluos, como Polixena, que cuando aportaba algún rudimento de idea pasional destemplaba el alma.

Siempre tuve con Marco Aurelio que poco difiere una mujer de otra. Pero delante de mí tenía una zángana con algunas peculiaridades que no pueden llamarse del todo propias, pero que subvienen a ese bagaje particular de lo que los pensadores afirmaron ser un «principio de individuación». Y ya acogidos a la elegancia del florete, podemos entrar a decir que Polixena estaba dotada de un pasmo encantador, aunque algunas veces su atrofiado órgano de entusiasmarse por las cosas me favoreciera con todo el caudal de su estolidez.

Así da derecho a decirlo el suceso de una mañana de bochorno en que, ambos de pie bajo una negra conífera, ella abrió del todo sus ojos de aquel azulina desteñido para dirigir su nariz al firmamento y balbucir que le gustaría que yo fuera un gigante (hablaba sin soltar las manos de una alta rama a la que se asió desde un comienzo y de la que quedó, como fruta inmatura, prácticamente colgada), a lo que respondí que, por mi parte, me gustaría que a ella le crecieran flores entre los dedos de los pies, que las mujeres deben poseer gracias por cualquier parte que se las mire. De suerte que, aunque ofrecieran novedades de otro género, no por eso dejaran de manifestar esta generosidad botánica, gozando en toda ocasión de cierta singularidad personal. Por lo que se debiera asignar una especie distinta para los interdígitos de cada hembra, evitando así inútiles rivalidades. (Polixena abrió la boca, pues no ha nacido todavía mejor artífice que yo en lo de hacer creer lo imaginado). «Por ejemplo, a ti», le dije, «que gozas de piel húmeda y perfumada, a ti se te hubiera dado bien el loto del Nilo. Y sábete, amada mía, que cada mañana brota caprichosamente del interior del cáliz de un loto el dios Horus, que es el sol personificado, con un collar de flores blancas, de cuyas semillas, tostadas y molidas, podríamos beneficiarnos tú y yo a la hora del té, Polixena fértil, porque, al decir de antiguos mitógrafos, existe la creencia de que quienes prueban tales semillas de un mismo plato durante la tarde, obtienen de ellas cierta predisposición al letargo amoroso». Cuando terminaba de soltar vaguedades, me daba a lamer su cuello (mi nerviosa lengua babeaba en busca del pasto y no descansaba hasta mugir en el repliegue más umbrío del sotobosque), y se moría sin decir palabra, sin caer de las nubes, sin por un momento dejar de asir con ambas manos aquella maldita rama.

Pero no debo entretenerme en recuerdos inútiles. Estábamos en que la máxima complacencia del momento estribaba en que Lía, mi amada intacta, soldada a mi cintura, había entrado maquinalmente a participar del juego. La realidad comenzaba a derivar en concreciones no menos deseables que la más mórbida ficción. Aquella niña ya no era la Lía de ayer. Era una ninfa silvestre, ferviente devota de Afrodita y bien dispuesta para seguir minuciosamente el ritual de la desfloración sagrada (oh, lector, no te impacientes, enseguida llegamos); yo ya no era yo, era un príncipe con una cimitarra de plata sobre el vientre (recorreré las Universidades dando conferencias sobre esta experiencia); y aquello que montábamos ambos no era una grupa vulgar, sino el inmenso lomo de un dragón que abría nuevos caminos en la espesura de una selva virgen.

¿Adónde diablos vamos por aquí? (cantó la ninfa).

(Yo). Hummmm.

(Ella). Eso no es ningún lugar, que yo sepa.

(Mordacidad bruta, es su elemento. Yo, condescendiente, conciliador quizá). Bien, podemos apearnos aquí mismo, si te parece.

(Ella). ¿Para qué? (inexorable).

(Yo). No sé, para estirar las piernas un poco, o algo así.

(Ella). Pronto caerá la noche y debemos volver a casa.

(Pronto caerá la noche negra, sí, sobre el cadáver de nuestro pecado, tan negra como la infamia que encubrirá y a la que servirá de espeso velo y turbio receptáculo, pero tú ya estarás entonces narcotizada y abandonada a mis velludos brazos). Esperemos un poco más, Lía. Además saben en casa que hemos salido juntos, que tú estás conmigo.

(Ella, apeándose del dragón). ¿Qué hora es?

Lía (dijo el príncipe y descendió también).

(Se hizo un silencio).

(El príncipe insiste). Lía, mi dríade.

(La ninfa). ¿Qué?

(Frigidez, frigidez, tus ojos escrutan el cielo cárdeno, hay jadeos insignificantes de suave brisa tras la fronda, patalea un cuadrúpedo en un salón tapizado, cambian impresiones el cuclillo y el tordo en el patio de ramaje. Lejos, sin duda, habrá un ciervo apagando su reseco en una hembra).

(El príncipe). Nada malo puede sucederte estando conmigo. Y ahora que nos hallamos dentro del abigarrado templo de la fronda, cuyas únicas puestas son el día y la noche, piensa por un momento qué fastuosos, qué altivos y opulentos sultanes pasaron un instante por aquí y luego se marcharon. (La empujé hasta que dio con los talones en un capitel derribado entre matojos, vestigio de algún antiguo alcázar que en otro tiempo elevó aquí sus cúpulas al cielo, del que hasta los reyes besaron los umbrales, sin ocuparme de espantar a los cuclillos que repetían: «¿Cuándo, cuándo, cuándo?»)

71

Ella se cruzó de brazos.

(El príncipe). Presiento que la luna asomará sus mofletes de un momento a otro (pensando que en noches semejantes fueron muchas las que dieron un mal paso). Advierte, Lía, cuánta soledad y cuánto gorjeo de intimidad entre las sombras. (Cuidado, ve con tiento, no vayas a espantar al avecilla). El campo es algo estupendo. ¿No te parece? Se respira fenomenalmente. Pero, Lía, ¿me estás escuchando?

(La ninfa). Sí, no seas pesado.

(El príncipe, gimiendo, muriendo, abrasado por un fuego atroz). Ea, pues, sentémonos aquí para contemplar toda esta naturaleza viva y ya a punto de sucumbir.

(Y la ninfa). No me sentaré. La piedra está fría y puedo pescar un constipado.

Ay, eterna vulgaridad. El viento empujó tierra adentro una flota de fantasmas morados y morbosos (no guiados por dioses ni por hombres, liberados, sin duda, de algún embarcadero de otros mundos por la brisa), que vinieron a quedar prendidos y amontonados en las ramas altas. Prestad ahora oídos, un minuto más, lectores míos, a la banda sonora.

(Narciso). Lía.

(Lía). Sí.

(Narciso). Es tan bonito estar aquí, lejos de todo, cerca de tu cuerpo. (Me miró como una oca a la que se le tratara de convencer de las excelencias del *foie-gras*). Háblame de ti, de lo tuyo.

(Lía). Qué quieres que te diga, todo es muy aburrido.

(Narciso). Oh, no para mí, cuéntame algo, cualquier cosa, algo de tu vida, qué has hecho hasta ahora, tu primer amor. El fuego (dije) puede llegar a extinguirse, pero no puede enfriarse.

«¿Y qué?», respondió ella.

(Oh, no, no, no. Comenzaba a sobrar la logonaquia y ya los clarines sonaban para el cuerpo a cuerpo. Había llegado el difícil momento de colaborar con aquella pasiva estrategia que todas las mujeres desarrollan para dejarse arrebatar por la fuerza lo que sienten vivos deseos de conceder. Vamos allá).

«Desde esta mañana (susurré), com-pren-de-rás (¡acción!) cuántas emociones reprimí (según oí a mi profesor de esgrima, con las mujeres, las palabras deben ser más respetuosas a medida que las acciones lo son menos), cuántos padecimientos morales (he tomado ya entre mis manos temblorosas una de las suyas, a partir de este momento mi mano derecha debía ponerse a la obra pero sólo bajo las órdenes del cerebro), y espirituales». Ahora mi mano derecha (mi mano es una blanda mimosa, no, un horrible crustáceo), se posa accidentalmente en su cadera aparentando no prestar demasiado interés por aquella suave y apetitosa cresta ilíaca. «Morales y espirituales» (abundé en la misma idea, haciendo que mi mano salvase furtivamente la dilatada divisoria que alejaba su cadera de su vientre esponjoso, ¡creo en el milagro, Señor!, hasta llegar a instalarse provisionalmente en él, la palma sobre la delgada película de vestido caldeado). Hallándose una mujer en manos de un varón, él le alzará la camisa, dicen los compendios, y si ella comienza a protestar, la hará callar cubriéndola de besos.

Por un momento he dudado en trasladar más pormenores, pensando si no será labor demasiado inocua referir con carácter de realidad lo acaecido en aquel ocaso empañado e inconcebible, cuyos hechos parecen haber tenido lugar lejos del tiempo y fuera del espacio, ya porque la demasiada proximidad desdibuja lo tramado en hilo gordo, ya porque lo sucedido en un instante infinitesimal, a la vuelta de un sueño mal descabezado se torna insolvente con la deuda que lo vivido contrae con el recuerdo. Aceptada, pues, la conjetura más fácil (la de no haber sido todo ello más que un sueño), puedo volcarme sin reparo a transcribir literalmente cuanto ocurrió allí.

Cuánto conato insatisfecho (hablé) mientras mi mano emprendía lentamente la comprendida escalada hacia el breve busto (cada juego tiene sus reglas), abriéndose paso, en un proyecto de caricia, entre los gargajos celestes. Pero no sucedió la tontería que el lector aguarda. Que cuando la desdicha ha de venir, está de más cualquier diligencia por el bien. Porque, de pronto, cómo lo diré, el frémito ensordecedor de una elefanta herida partió la tiniebla, ofendió a la campiña.

«Me-es-tás-to-can-do-to-do», se oyó.

«Todo no», respondí en una mediocre parodia del diplomático sonriente pero ultrajado, mientras devolvía bonitamente la mano del delito a su lugar de partida. Cuán sin ventura mi madre me parió. Todas mis habilidades fueron pocas para reducirla. Me propinó una bofetada, como enseña la moral tradicional, aunque puedo juraros que entre mi mano y su seno mediaba la inmensa distancia que va de un deseo o una caricia.

Mi espíritu vulpino prefirió acogerse a la idea de que es mejor mendrugo en paz que festín con querella, y encajé de nuevo a la tontuela en mi grupa para volver a casa.

Atributo de lo infernal es, muchas veces, la paciencia. Pero mal mi rabadilla hubiera vuelto a soportar el feroz galope de su henchida, bulliciosa pelvis, si en el bolsillito pectoral de mi camisa, junto al sonante tam-tam del corazón, no hubiera oído saltar (tintineando con alguna moneda, con algún colmillo votivo, con alguna ampolla de veneno), la inocua llave que introduje en la cerradura de su aposento aquella misma noche, la noche del cuatro de agosto, como atrás dije.

Una duda me trajo fatigado el entendimiento el resto de aquella aciaga noche que ya conoces desde mis primeras páginas. ¿Serían estos balbucientes rechazos un fingido ardid, una forma de estímulo atentamente calculado? ¿O más bien un síntoma consolidado de frigidez? ¿O de repulsa? (No quiero ni pensarlo). Paso por imaginar el último coletazo de indiferencia por las caricias que puede latir aún bajo los escapularios de una colegiala recién salida de las negras alas de esas monjas irlandesas que oyen el silbo de la Serpiente en la deportiva sonrisa de un muchacho (¡Santo Dios, qué oído!). Incluso admito una mueca desairada en quien aún no tuvo la fortuna de probar aquel *veneno*. Pero me resisto a creer que las alas de cuervo, el oído místico, los escapularios y el desdén se trenzaran precisamente para flagelar un mentón juvenil, unos hombros de discóbolo, un porte caballeresco y una seráfica cordura.

Ahora, once días más tarde, esta noche de fiebre y de jadeos, mientras Lía agoniza en el cenador, el asesino se dispone a proyectar de nuevo la escena clave, no para regurgitar otra vez la escabrosidad del acto (concededle un margen de confianza), sino para profesar ese género de fidelidades que la verdad debe a la justicia.

Astuto detective que impresionas ya la sensible emulsión de tu cerebro con mis fotografías de frente y de perfil; fiero guardia que velarías inquieto las pesadillas de mis noches; hosca soltera que, rehecha del achaque menopáusico, en tu decrepitud lees estas páginas a tus sobrinos; industrioso padre de cinco doncellas que presencias en el cinematógrafo estos mis crímenes; regio sultán que relatas durante las cálidas noches de agosto mis amores a tu concubina; prostático ujier que hozas entre líneas buscando un remedio a tu impotencia. Puedes pasar por alto la página siguiente, si te place, porque voy a compendiar, por mayor claridad y para los escolares que hayan llegado tarde a la clase donde el profesor lee en alta voz este práctico vademécum, los principales acontecimientos de aquellas primeras horas, desde el punto en que conocí a Lía (tres horas antes del almuerzo del día cuatro de agosto), hasta el momento en que ella delató mi nocturna incursión (cuatro horas antes del almuerzo del día cinco de agosto) rematando el desayuno con aquella andanada de advertencia que desde hoy será inmortal, si estas inmundas páginas algún día llegan a serlo, y que sonó como sigue:

«Cuantas veces suba mi primo por la noche a mi alcoba (el bosque devolvió el eco de la detonocación) yo me iré a dormir a la casita de allá».

No dijo «cenador» pero se refería a él, donde pasó el resto de aquella primera noche, como creo que ya declaré en páginas olvidadas.

Lía gélida e incorruptible. Ni expuesta al sol meridiano se alteró la aguja de su termógrafo afectivo; ni sumergida en yodo marino se estimuló el funcionamiento de alguna íntima glándula; ni transportada, en medio del crepúsculo sanguinolento, junto a la lujuriante vegetación acusó específicas inclinaciones femeninas mientras la mano favorable la dispensaba sobrados motivos. Y no paré aquí (me aventuré al revuelco) y probé en la nocturnidad, como quizá recuerdas. Y huyó al cenador de la pequeña colina, donde pasó la noche.

A la mañana siguiente floté sobre los restos putrefactos de mi primera borrachera de estos días, la primera de una serie de la que prometo hoy será la última, austero lector. Y no hallando ningún remedio para mi herrumbrosa sala de máquinas (ya mi ansia no navegaba sobre un velero), viendo cara a cara en el espejo del ropero la lívida faz del desaliento, de nuevo me volví a mi lecho de ortigas, para tomar nuevas resoluciones.

Antes hubo un instante transido de oro, de supremo dolor, en que un oblicuo rayo combinó un efecto de azogue, pestañas y celosía, y por el rabo del ojo me pareció ver a mi Alicia asomada al otro lado del espejo (ese límite de lo verdadero, ese vacuo equívoco de lo deseado, que presupone algo tras él), desde el que me devolvió el mohín, como si fuese ella quien realmente veía un espectro.

Y saliéndome de la casa a la hora en que brujas desuellan el sol, rameras descorren cortinas y murciélagos fatigan el aire, comencé la ejecución, en el espacio tridimensional, de lo planteado aquella tarde en el reino mental. Después que hube arrastrado su cuerpo entre mis seis patas hasta debajo de su balcón, comprobé que sobre éste se cernía el ventano del desván. Tomé una gruesa soga y, más por gusto de comprobar el ánimo que alentaba el tesón de la chiquilla, que por verme en la hermosa postura del Ángel Anunciador, la deslicé desde la buharda, de forma que, bien amarrada por un cabo a la fornida pata de un viejo armario, quedara el otro pendiente, presto para el descenso, sobre los dinteles de su ventana, cuyo frontoncillo serviría de escabel a mi pie en esta primera tentativa de una larga serie experimental bien programada, hasta la perpetración del pecado definitivo. Después que hube comprobado que el sistema resistía mis setenta quilos, me retiré de nuevo al ataúd de mi aposento, en espera a que los mochuelos me dieran la señal. Por decirlo en términos corrientes, me estaba metiendo en un buen lío.

De dónde obtuve este tesón, sólo Dios lo sabe, pues mi madre me concibió sin ganas y por capricho del azar una dulce noche de junio. Porque a pesar de los remedios de botica, quedó grávida de mí, y a duras penas permitió que el feto alterase su entonces impecable carrocería femenina, y esto a requerimiento de su marido y padre mío, al que debo la vida, como ves. Fue, pues, mi padre quien defendió el progreso de mi preciosa existencia intrauterina, aduciendo entonces variadas estupideces sobre el orgullo de la estirpe imperecedera, y no sé cuántas otras vaguedades sobre la propia perpetuación en los apellidos.

Y esto mientras la consorte oponía razones poderosas que yo entonces no entendí, como que «la pobre criatura nacerá bajo el signo de Piscis».

Todo lo cual me fue manifestado en el mismo orden en que lo narro, según llegaban a mis infelices oídos las rociadas de mi madre, cuyo cloqueo, en animada discusión con su marido (hace de esto diez años), inundó la intimidad de la alcoba matrimonial y, desgraciadamente para mí, la casa entera.

Si yo supiera que estas páginas van a ser leídas en voz alta, dentro del lecho conyugal y cercano el concúbito, lector o lectora que me escuchas, en secreto te revelaría más cosas. Pero no lo haré, por no perturbar el corazón de los párvulos, pues sé que la lectura de este libro será obligatoria en las escuelas. Aunque si me detengo en tópicos de poco interés, tú, lector, tienes la culpa. Comenzaré diciendo cómo bebí de un trago aquella ponzoña salida de la boca materna («tú lo quisiste, tú tienes la culpa», ella se dirigía a mi padre, refiriéndose a mi nacimiento, que aunque muchacho bien lo comprendí), y sentí todo el tedio de los días, para emplear unos términos en que indignación, cólera, asco y odio, aparezcan expresados en una fórmula ligeramente poética. Busqué cómo olvidar todo aquello, pero no hubo manera, pues siempre mi pensamiento tornaba a lo mismo con redoblada violencia, y di en regoldar aquellas palabras muchas noches. Esto me decidió a que el primer crimen del último vástago de mi ilustre familia, mancillara el vástago, la familia, el apellido de la estirpe y la estirpe misma. Por lo que, para comenzar, pregunté a mi madre cuál era el árbol que tío A. había plantado cuando nació Lía. Pero dejemos esto para más adelante.

Mañana, Lía despertará en el lugar donde dicen que tienen las almas morada inquebrantable, pues nunca la agitan vientos, ni la inundan lluvias, ni la cubren nieves invernales, sino que un purísimo espacio la rodea, sin nubes, circundado de brillante resplandor, donde los dioses inmortales gozan de perdurable dicha. Pobre niña desamparada, débil flor. Tú sabrás, desde allá, bendecir la mano que te arrancó de este lodazal para trasplantarte.

Creo que ya hablamos, lectores, de la muerte no lejana del padre de Lía, tío A., de quien tan repetidas veces murmuró mi madre, desenterrándole las entrañas con su largo pico y enterrándole la fama, por no sé qué naderías administrativas que no se deben tener en cuenta. De la madre de Lía poco sabría decir. Solamente que murió también, víctima de una intoxicación progresiva de barbitúricos. Para entonces aquella dama vivía ya alejada de su marido por motivos que desconozco. Y asegura la lengua de mi madre que, al cabo, dio en el pecado que llaman bestialidad, al compartir su vida con un gigantesco minino que sabía consolarla. Y se dijo que tales tensiones e histerias llegó a sufrir la desdichada en aquellos excesos gatunos, que una noche se vio precisada la malandante a pedir ayuda al servicio médico de urgencia, con gran oprobio para la familia, pues si ignominioso resultaba para nuestra encumbrada estirpe que se aireare el inconfesable pecado de la pariente, imagínense los lectores lo engorroso de la situación cuando mi sodomítica tía tuvo que ser conducida a la clínica con el gato puesto.

Pero veo que mi pluma se desvía del vericueto principal en cuanto hallo una sublime figura. A los que me habéis seguido hasta aquí, en el decurso de este relato apartado de la vulgar opinión, os daré a saber qué papel desempeñaron en esta historia inmortal la malicia de las muchachas que a Narciso le dieron ocasión de ejercitar la suya, aparte de la de Lía, que ya conocemos. De muy otra manera se hubiera mostrado conmigo aquella niña carnosa, de oscura tez y ojos delincuentes: Calíope (creo que anteriormente tratamos de ella), la amable y malograda Calíope, que se entregaba al primer novillo desconsolado que encontrara en el pastizal.

De faz serena y placentera como la luna llena, Calíope poseía un cuerpo proporcionado de carnes, boca dulce como el botón de mostaza, piel cálida y tierna, ojos brillantes, bien recortados y rojizos en sus ángulos, como los de esos cervatillos interpretados por Snyders, y a todos daba a probar las pomas maduras de sus senos. Calíope caminaba con la nobleza de la leona, y emitía con su garganta una voz grave, algo sibilante y musical, con el mismo acento que el pavo real. De pronto llamea en un golpe de pasión y no pide siquiera que capotes el automóvil. Se abre en canal, te clava las uñas y no ahoga el gemido que hace venir a los guardias. Entre rejas, mientras papá te gira la fianza, aún relames el regusto de su boca, que tiene un cierto dejo de almendras amargas, como el jugo que, en primavera, mana de las sienes del elefante, a creer al poeta Kalidasa.

Adivino que no escapas, lector, a la tentación de pensar que soy un vulgar maníaco. Mas hagamos a un lado las formalidades y digamos con Job que la juventud, la gallardía, las muchas riquezas, el capricho y la imprudencia, son cosas que separadas predisponen al atrevimiento. ¡Cuánto más las cinco juntas!

Un atardecer, Calíope, en diminuto vestido de chapitas metálicas, llegó a mi alcoba. Y cuando terminó de embadurnar con su lápiz labial la testuz de cabro alpino que reposa sobre mi mesa de trabajo, le invité a terminar la fiesta en el cenador. Y ella danzó para mí en la cama turca donde, esta noche, Lía entrega su alma, contorsionando, hasta la angustia, aquel su cuerpo artísticamente embadurnado con pintura fosforescente en figuras de flores, mariposas, astros, caracolas. Ah, lectoras mías, de vosotras trata el libro de la Provechosa Enseñanza, cuando dice que ni con regalos, ni con halagos, ni con sinceridad, ni con vigilancia, ni con razones, ni con castigos, se logra honestidad en las mujeres. Pero no nos vayamos por las ramas. La serie de corchetes que abrochaban por detrás la veste metálica de mi complaciente danzarina, fueron cediendo, actuados delicada y progresivamente por sus manos, con las pausas e insinuaciones oportunas. Hasta que, en un momento dado, cuando el cimbreo tocaba los lindes de la extenuación, desprendió de su cuerpo la prenda, y la arrojó a mis manos (mis manos frías, las plaquitas calientes), dejando patente aquellas superficies palpitantes que gozaban de iluminación fuera de concurso, con signos zodiacales, estrellas y serpientes, plasmados por nadie sabe qué caprichoso especialista del criptotatuaje. Todo patente y pintado, excepto su sexo, debo decirlo sencillamente, velado pudorosamente por una rosita artificial color salmón, mientras su boca emitía un sonido retumbante, como la caída de gruesas gotas de lluvia, expresado en el rítmico *tap, tap,* producido por sus labios.

Confesaré, sin avergonzarme, que acabé a mordiscos con la rosita salmón (pues las reglas de los sutras son aplicables tan largo tiempo como mediana sea la pasión, mas una vez puesta la rueda del amor en movimiento, ya no hay sutras ni reglas), no sin antes haber dado esponja a todo aquel pringue multicolor, hasta devolver el bronce natural a la escultura. Estuvo quieta como una perrilla presumida, para venir más tarde, con su avidez acostumbrada, a cobrar mi favor y su trofeo.

Estas travesuras fueron pequeñas y baratas, pues mucha cantidad de hacienda costaron a mis padres otras doncellas que por debilidad forcé. No pido que me declaréis inocente. Escupid sobre mi tumba, patead mi cadáver y marchaos tranquilamente. No va con vosotros lo que diré: que el hombre superior no se separa de su propósito ni por la animadversión de sus ciudadanos, ni por las amenazas de un tirano imperioso. Por eso tendí la soga sobre los balcones de Lía. Y ahora, para que regales tu curiosidad con el morboso goce de poder establecer la cronología exacta de estos acontecimientos (no estoy tan borracho como piensas, viejo lector) te diré que la locura que sigue tuvo lugar la noche siguiente de la primera hégira nocturna de Lía, llamémosle así, oh creyentes. Es la noche que corresponde a la jornada en que la pequeña arpía promulgó, durante su primer desayuno en familia, la frase amenazante (no repito aquí otra vez su enunciado, por ser de todos sobradamente conocido) cuyo cumplimiento exacto la conducirá al panteón familiar, y cuya cáustica insinuación fue título sobrado para que el pudor de mi madre se condujera con tal presteza y funcionalidad que mandara a los eunucos del palacio atornillar «in-me-dia-ta-men-te», en las jambas de acceso a la cámara virginal, un grueso cerrojo de palastro.

Golpetearon los martillos en su puerta toda la mañana, de prisa, como si afuera hubiera peste. Y antes del almuerzo se le rindieron las nuevas llaves, únicas, rutilantes, envidiables.

A media tarde sonaron los cerrojos y la sentí sobre mi techo, como un palpitante tesoro, más vivo cuanto más hermética la caja de caudales. Canturreó, bostezó, hojeó revistas. ¿Qué más? Ah, sí. También le oí rasguear la pluma sobre un duro papel tela (el contenido de sus trazos resolutos lo sabremos a su tiempo), le oí probarse organdíes, cepillarse la melena al sol, frotarse el tobillo contra la pantorrilla, ahuecar los mofletes frente al espejo... torcer primorosamente el hociquito (no me importa repetirme)...

No aguanté más. Rogué a Perímedes y a Euríloco que me taponaran los oídos con cera y me atasen con sogas a la cama, para no precipitarme tras aquel intoxicante deleite. Esos sueños rugosos, mutables, multiplicados por espejos, donde hay ogros y párvulos, boas y gorriones, guadañas voraces y florecitas que hablan, me bailaron por los sesos con machaconería de gran cuerpo de ballet interpretando una fuga.

Sólo al morir la tarde abandoné mi cripta, emergí de mis niveles inferiores de existencia e inicié meticulosamente los atroces preparativos con la negra presencia en la punta de los dedos, con el podrido tumor de justificaciones en la cabeza con que el verdugo, que juguetea con las conjugaciones «degollar» y «ajusticiar», repasa su maletín de útiles para la ejecución.

Y a esto venía lo que dejamos antes. ¿Qué le mueve al muchacho Narciso a allanar, en plena noche, de nuevo, el habitáculo de la virgencilla? ¿Qué ventajas pueden seguirse para el obstinado que lucha ciegamente contra la adversidad? ¿Qué propósitos, qué ocultos empeños impelían, etcétera? Orden, niños, orden. Bien hacéis en preguntar, pues antes de poner el pie en campos ignotos importa investigar el vario influjo del cielo y los vientos dominantes. Aunque me traéis a la memoria muchos males que aquella noche padecí, responderé con detalle.

Mi propósito inmediato-próximo consistía primordialmente en llevar a término ese capricho *romántico* de irrumpir en la alcoba de una doncella dormida, a través de una ventana entreabierta exclusivamente por fines higiénicos (leído en «Higiene y Vida», manual práctico de los colegios elegantes), lo cual encomia implícitamente Virgilio cuando suspira: «Oh, una y mil veces afortunados rústicos si estimar supieran los bienes de los que gozan».

Mi propósito próximo-remoto perseguía ejercitar en su cuerpo ese apetito que todos conocemos (pero que, al cabo, tan fácilmente hastía, y cansa de lo que se buscó con tanto anhelo y solicitud) en el que no me gusta hacer hincapié.

Pero mi propósito remoto-remoto estribaba en algo más analítico, más inspirado, más incisivo, ¿cómo lo diré? ¡Más genial! (Advierta el lector el esfuerzo que me cuesta adaptar mi lenguaje al público de cualquier edad). Veamos. El monstruo persigue, por cualquier medio, comprobar definitivamente el índice de tenacidad mental de la bestezuela y su disposición para cumplir una amenaza públicamente proferida en el transcurso de un desayuno familiar, pocas horas antes, a saber (lo diré otra vez porque esto es importante), ella se precipitaría al solitario cenador, y pasaría allí el resto de la noche como protesta tácita, en el momento en que el osado hominicaco, amparado por el velo de la noche, o incurriendo en agravante de nocturnidad, para decirlo en términos legales, se atreviera a pisar el aposento virginal.

Ya la luna entre celajes sonríe tras el frondoso arabesco, pingüe está el pomar, denso de fantasmas, y los vinos suavísimos. Dulces los sueños caerán de lo alto en racimos compactos mientras alguien te dice: «Anda, hijo, y toda la agreste juventud vaya contigo». Pero no ensayemos danzas, ni entonemos canciones, que ni el padre de los faunos adivina lo que la luna oculta mudando de semblante.

Como en un poema de Li Po, el aullido del perro guardián estremecía los corpulentos olmos, y una nube de ceniza velaba el rostro femenino del astro (complicado quizá por mano de genio oscuro en este feo asunto) cuando Narciso emplazó el complicado telescopio de su desafío en los macizos de bungavillas, frente a la ventana de la arisca, para comprobar:

1. Cuándo la víctima, despojada de su manto

de reina, apagaba la luz y se tendía en el lecho del estupro.

Y 2.   Si todavía su espíritu rebelde se mantenía sumiso a las instrucciones de «Higiene y Vida», dejando entreabiertos los batientes de la ventana. El degenerado, acogido a la sosegada impunidad con que se obra en los sueños, ponía una nota de vívido carmín en la noche apagada, metiendo entre las bambalinas encendidos sentimientos en los que un Destino Compasivo (quizás) hubiera dispuesto que los pliegues de un ansioso morro porcino se alimentaran de una tierna oreja, ceremonia previa a la definitiva inmersión en la prenda rosada, cálida, viva y rota, quieta, muy quieta, plácidamente tensada, levemente convulsa y jadeante (según el ritual completo de los tratados), facilitando así el trasiego, vientre a vientre, del dulce veneno.

Comprendo que no debiera seguir adelante en esta narración de recuerdos vulgares, que a nadie interesan. Pero no cierres aquí el libro, lector generoso, pues seré sucinto y lo diré sin rodeos para llegar pronto al final, pues no es mi intención abusar de tu tiempo, ni gravar tu tolerancia con detalles inútiles. Aunque sería dichoso si mis reservadas indicaciones (dignas de ser pregonadas desde una de esas cátedras en que beben los precursores) me valieran el respeto del lector en esta materia. Conozco hombres que alguna vez han jugado con la oreja de su amor, y al no arrancarle de primeras el zureo a la pichona, abandonan aquel incomparable pabelloncito, atribuyéndole carencia de sensibilidad. ¡Lamentable! puesto que la estimulación adecuada de tales cartílagos es uno de los más críticos factores que contribuyen a excitarla, y esos mariposeos propedéuticos no se deben descuidar.

Entretenido en aquellos y semejantes pensamientos, la medianoche volcó alguna tinta sobre mi negra espera, impaciente de ver si se extinguía el cuadrángulo de luz de la alcoba deseada (ella estaría ya desnuda y presta, leyendo cuentos, o repasando *su* carta; diré *su última* carta, ya que estamos metidos en concisiones), hasta que por fin la tiniebla se hizo sobre el marco entreabierto en una media sonrisa invitatoria (permitidme, en este momento, alguna pedantería) cuando ya la aguja del depósito de mi estoicismo marcaba el cero. Devoré a paso gimnástico los cuatro pisos, por la escalera de servicio, hasta alcanzar el cielo del caserón. Y pocos minutos más tarde, el atleta, ganado el alero, se cernía suspendido de una gruesa soga, sobre el vano de la estancia. Y allí, ¿embeleñada?, ¿muerta?, ¿fingidamente dormida?, los contornos carnosos de su cuerpo apenas velado por una túnica griega, los delgados muslos al aire y los labios entreabiertos, ella. Sus pómulos, sus hombros, sus rodillas, al resplandor de la luna adquirían la densidad y el ángel de la plata antigua. Joven lascivo que me lees, alma falta de freno.

No te cuides ahora en remover en tus entrañas los rijos de este extravío, sino apura conmigo la copa de mi desdicha. Y postrado de rodillas inventé un nuevo dios para adorarlo en aquella hornacina barrosa del triángulo ensortijado que se insinuaba en el centro de la gasa. Y allí mismo, a despecho de Calímaco («las promesas de un enamorado no llegan a los oídos de los Dioses», Epigramas, 27), juré que ella acabaría o transportada en mi ardiente barca o en la del gélido Caronte. Lo que venía a decir, en otras palabras, que si ella cumplía con lo de irse a dormir al cenador, lo haría para siempre en aquel apartado lugar.

Jura, jura, irascible Narciso, por los despojos yertos de tu familia, o por los callados luceros de la húmeda noche, por el firmamento todo o por los demonios sempiternos, que de ti se ríen las Ninfas, y Cupido aguza, socarrón, sus flechas en los duros corazones. Y aunque te metas en pieles de lobo para asustar a las niñas, no harás temblar a una sola de sus madres, porque eres indeciso y cobarde.

Junto al lago estuvo mi boca seca varios siglos sin beber. Porque cuantas veces inclinaba mis labios, otras tantas se disipaba el estero, oh Tántalo amigo, que un genio maligno desecaba. Pero seré breve. Terminé aplicando mis labios temblorosos, miembros del Tribunal, a los suyos dormidos, en un beso de juguete.

Muchachos que me escucháis. No intentéis jamás llevar a cabo empresa parecida. Ella, sin siquiera tomarse la molestia de mirar quién la besaba, gritó, sí, gritó como la noche precedente. Mas aunque hombres y bueyes a porfía, con asiduo afán hendieran los abismos, o ánades malvados y grullas oradaran el vientre de un recién nacido, harían estrago menos fiero. Creo que debo omitir lo que murmuré en aquel momento. Reconozco que un beso en el sueño puede pecar de impertinencia, y un sobresalto siempre es fastidioso. Pero creo no excederme al reputar de desproporcionada (por un beso en el sueño, por un sobresalto fastidioso) la pantomima que vais a presenciar, cuidadosamente provocada por aquella loca, no tan loca, que sabía qué hacer para irritarme, conociendo que mi alma, insensible al menosprecio, no lo es al ruido. Pero como creo que no debo extenderme mucho en esto, te ofreceré simplemente una docena de instantáneas tomadas al azar durante la fiesta.

1.   Lía aullando. Muy fotogénica. Puede apreciarse, a simple vista, la notoria pulcritud, regularidad y perfecto estado de todas las piezas de sus arcos dentarios.

2.   Un anciano mayordomo, en mangas de camisa, y mi padre, en bata de seda, que empuña una escopeta, ambos enmarcados en el quicio de la puerta que acaban de derribar a culatazos. Detrás, mi madre, despeinada y con los ojos desorbitados. Al fondo, otros fámulos que han acudido a la voz de mi amada. Adviértase cómo una de las domésti-

cas sonríe, visiblemente divertida, sin duda por festejar de alguna manera el improvisado jolgorio.

3. Lía, la boca cerrada, observa de reojo la carga de los arcabuceros, que ya invaden el interior de la caverna, con ojos de chimpancé desconcertado por no saber qué otro animal ha podido exacerbar de aquella manera a la chimpanza.

Debo dejar dicho que la niña acabó de graznar cuando vio que ya habían acudido a su llamado las fuerzas vivas del castillo. Esto no resultaría sospechoso si, en el próximo cuadro, no tuviéramos ocasión de ver cómo la joven bufa urde y representa a la perfección el conocido número del recatado desvanecimiento femenino por un insoportable agravio, a cuyo ensayo el resto de la tropa respondió satisfactoriamente, como podremos apreciar a continuación.

4. Veámosla desmayada. Pretende expresarse en un lenguaje para el que la Naturaleza no le ha dotado. Antes de derrumbarse en su fingida catalepsia, la taimada ha puesto buen esmero en arreglar su camisa de noche, de forma que sus preciosos muslos, pretendidamente desnudos durante la escena precedente, a los ojos del ávido intruso (por más desesperarle) quedan ahora decorosamente velados.

5. Deudos y siervos, dentro ya del tubo de ensayo, forman parte del preparado corrosivo que, a su tiempo, deberá ser concienzudamente vertido por la dueña de la casa en la oreja del joven

degenerado. Reparad en la princesa, sobre el lecho que ocupa el centro de la estancia, espiritualmente sincopizada. Mientras, en su derredor, lacayos y cortesanas la contemplan, con ademán entre espantado y divertido ellas, ellos con ánimo codicioso y ardor impúdico, quier acariciando la repolluda mama de la niña inerte, quier con lascivo proyecto lamiendo las caderas infantiles, quier haciendo presa en el vientre pubescente con ojo inyectado, uno con sonrisa torva, otro con torpe ademán, otro con labio procaz, todos, pronunciados en favor del amor profano, con salaz baba, que quien mide aceite, las manos se unta.

6. Gustó mi padre, como sabes, darme una madre solícita. Hela aquí, en primer plano, atenta y comprensiva, como siempre, cuyos notables actos de virtud, en toda suerte de municipales exhibiciones benéficas y contubernios de caridad pública son por toda la comarca comentados. Mas porque tales hechos no sean agraviados por el tosco rasgo de mi turbia pluma teñida en la sangrientalidad, los remitiré al silencio.

7. Aquí la tenemos, de espaldas y agachada (sus amplios cuartos traseros orientados al espectador), aplicando su frasco de alcalí alcanforado a las narices de la joven primera actriz, que ya ha iniciado el consabido parpadeo de recuperación, aunque todavía tiene los puños apretados.

8. Ahora vemos al tenor cómico, el de la escopeta, transverberando a su propio hijo con la

mirada. El viejo, como veis, responde al papel asignado en este sainete: padre airado pero digno ante el muchacho descarriado. Adviértase, a modo de curiosidad clínica, el belfo superior de ambos, proyectado hacia adelante por el resorte neurovibrátil que en situaciones embarazosas afecta a los individuos de la cepa masculina de esta familia.

9. Lía, una capa verde sobre su ropa de dormir, inicia su peregrinaje al cenador, en cumplimiento de un voto solemne. Acerquémonos un poco más. Todavía su boca disuelve el caramelo del triunfo en una media sonrisa supremamente infamante. Aun así, no deploro haberme transformado muchas veces en sol y en agua y en pétalo guardado entre las hojas de su libro predilecto para que me aspirara. Porque, en las tardes plomizas, era yo, diluido en lluvia, la gota fresca que le entraba por el cuello de la camisa, y yo, hecho tacita de desayuno, lo que ella se llevaba a los labios con el café matutino.

10. El aria correría a carga de mi madre. El resto del reparto y los comparsas habían abandonado la escena. No os perdáis este expresivo primer plano de la diva que, los registros de trompetería abiertos, ataca brillantemente desde las primeras modulaciones, punteando el seis por ocho, en pos del do supremo.

11. Detalle de la posición de su boca y su lengua de alta fidelidad.

12. La soprano ha levado anclas y circunnave-

ga en sonoro periplo. Finalmente, sin dejar de sostener el do alcanzado, la virtuosa vuelve grupas y emprende pesadamente el mutis, mientras el discípulo aprende con la mirada recogida. Silenciaré lo que al colono hace avisado cuando los días comienzan a ser breves y el calor menguante, o cuando furiosos bajan los cielos sobre el frágil vástago de la humilde cebada. Ni diré las veces que vi el furioso galopar de un ejército de vientos que, con nuevos turbiones, se avienen a alimentar el horizonte, y desatada la etérea cumbre, cae desplomada en líquida sonante pesadumbre sobre los sembrados cuyas zanjas nítidas, fábrica de paciencia y esperanza humanas, henchidas por las aguas, al punto desaparecen.

¿Qué sucesión de sentimientos y sensaciones fueron provocando aquellos estímulos sensoriales que discurrieron el resto de la noche por los nudos intestinales de Narciso el Caído? Incomprensión, intolerancia, incoordinación, inadaptabilidad, incapacitación.

¿Qué fragmentos de frases quedaron registradas en el dictáfono de los senos frontales del desdichado? Cuídate mucho de. Vas a terminar con nosotros. El arrepentimiento es la aurora de la virtud (Cristina de Suecia). Insano afán de. Vaya con el mocoso este.

¿Qué imágenes evocaron estos acordes heteróclitos en el magnetoscopio de su vejiga biliar? Una astilla clavada entre las uñas, una tarántula en la mano de un niño, etc. En fin; allí se me retiró el saludo y, casi, la herencia. Me encontraba a dos pasos de no ser nadie en aquella casa.

Lector imparcial, Lía va a morir dentro de una hora, o habrá muerto ya. Son las seis y cuarto de la mañana y el ventanal no vaticina los calores de otros días, ni hoy canta la tierna prole de los amables nidos en sus altas mansiones, partícipe de mis dichas. Se presiente madrugada de pálidos espectros, la galerna azota los cristales, lágrimas vivas suda el marfil, y mi ratón pide agua. Dios mío, hablan los brutos. Pues he aquí que confundidas están las nociones de vicio y virtud. Las ciudades, rotos los pactos, entre sí se hieren. El mundo entero es campo de batalla. De manera que, extendiéndose la lucha hasta el interior de los mortales, es teatro de encendida contienda el hombre todo, el cuerpo contra el mismo cuerpo, el alma contra el alma y ambos entre sí. Pues en lo físico combaten los humores y lo destemplan, y en el alma los apetitos contienden con los apetitos, y las pasiones se atropellan mutuamente.

Me sorprendo una y otra vez empujando a mis padres al proscenio. Si en algún momento algo sucio de ellos se me escapa de la pluma, es porque, al pronto, estoy tratando de decir algo sucio de mí mismo. Y pues aún vais a soportar alguna locura de este perdido, haceos al caso de que os halláis delante del feo producto de la ovulación imprevista de cierta hija de una conocida pareja de la pantalla (muchos automóviles, muchos caballos, muchos pañuelos de seda al viento, mucha sonrisa de gratitud a las fundas de porcelana), y del interés de un hombre de alta rama genealógica, que revienta si no echa un brote. Y por una inusitada secreción tubárica (no es raro ver a Naturaleza revelándose contra Botica), las partes conformes, fui echado a la encrucijada de este mundo, desgracia que mi madre achacó a la blandura de mi padre. Quizá me reproche alguna lectora que nos apartamos mucho del estilo de Tibulo si volvemos a decir aquí que quien mal concibe mal pare, pero me ilusiona recalcarlo.

Único pimpollo de tan ilustre consorcio, gocé de la protección de todos, excepto del calor de mis padres y de la compañía de los otros (llamémosles «semejantes») de mi edad. De ahí que, desde mi más tierna infancia, empezara en solitario a embellecer mis primeros ocios con manipulaciones indecorosas, como guerrero que comienza a afilar su herramienta. Mi madre había levantado mi horóscopo prediciendo que yo resultaría, por fuerza, misántropo y asesino, ya que vería la luz bajo el signo zodiacal apodado «de las enemistades». Me precipité sobre un Breviario Astrológico y devoré el artículo *Piscis,* «en cuya morada menudean los venenos, los asesinatos y las muertes violentas». Mi planeta regente, Saturno, «triste y frío por naturaleza, ejerce influjo predominante en los viejos y anacoréticos». Prometo escribir otro volumen sobre mi suicidio.

No me crió mi madre a sus tetas, como de otros niños se sabe, ni me sustentaron las de otra mujer, sino a polvos y química, quizá por evitar (así lo pienso) que tomara yo excesivo gusto en ellas. Pues aseguran los psicólogos que el niño adquiere, ya desde los primeros meses, aquellos hábitos y prácticas que regirán ulteriormente su conducta. Tampoco le gustó a mi madre prodigarme muchos besos y caricias, quizá porque, como dicen, si se soban demasiado los críos, crecen desmirriados y negligentes. Diré que no hubo, en mi nacimiento, señales celestes o sueños proféticos de que yo había de ser un famoso malhechor, como se cuenta de otros eminentes nacidos. Crecí como niño declarado «muy feliz», en un mundo agobiante de abuhadas nodrizas, blancos hoteles playeros, perros lanudos y cariñosos, pulcros conjuntos de franela-piqué, tafetán-muselina, tarlatana-guipur, brillantes libros de hadas y esbeltas institutrices de diversas nacionalidades (diversas lenguas maternas) todas ellas algo tristes de semblante, pero de muy buena traza, que aunque niño, bien notaba aquello. Mi garganta fue atenazada durante años por toda suerte de cuellecitos almidonados.

No me detendré en subrayar que todas las personas que giraban en torno a mis bucles plateados (mi madre ordenó que me metieran tenacillas en el áspero cabello) se desvivieron por acariciarme, agasajarme y mostrarme su adhesión de alguna manera con sonoros besos, gratuitas caricias y selectos productos de confitería, que mis ayas prohibían a mi estómago por higiene, no así al suyo. En las ocasiones en que no sabía comportarme, todos me objetaban con un simple «te pones muy feo», excepto mi madre que apostillaba, «como un niño de la calle», por lo que desde mis primeros días reputé en poco a mis semejantes de la calle.

Por fin se me impone una desagradable tarea que vengo soslayando desde las primeras páginas: mis tías. Pero no debéis alarmaros. Yo tampoco las soportaré un capítulo.

Por parte de mamá, hija única, no había tías, sólo tío A. Pero papá era el único varón de nueve alumbramientos. Recibí el excedente de cariño de todas ellas, que abrían sus macizas compuertas de ternura nada más verme: dos solteras, una viuda prematura (tiíta Flor), una «pobre coja» y cuatro casadas, dos de ellas estériles y otras dos con un «tristemente insatisfechas» clavado en la espalda por mi madre, que no sabe pisar los excelsos umbrales de la crueldad sin embozarse en integérminos tonos de compasión.

¡Cómo las detesté desde mis pañales!

Tía Lucila (estéril) no tenía nada que decirme, pero no se abstenía de demostrármelo con palabras.

Tía Camelia (insatisfecha), en cambio, nunca se acercaba a festejarme, excepto cuando el chófer de mi madre (un muchacho llamado Westmiller o Weismuller) me paseaba en sus brazos de trapecista bajo los robles; ella volaba entonces a babosearme la comisura de los labios con unos besos mantecosos que no iban exactamente destinados a mí.

Tía Plácida (soltera, cabellos en cascada, diadema principesca, anillo-relicario estilo Borgia) me ponía en la boca unos bombones que yo siempre escupí por temor a que estuviesen envenenados.

Tía Juana de Arco (poliomielitis) me amenazaba con ahorcase cuando yo me negaba a enviarle un besito por el aire, como un bajel microscópico, algodonoso, fletado con un soplo desde las puntas de mis dedos (y renqueaba hasta una silla para colgarse de la lámpara del techo, simulando un suicidio que me arrancaba palmadas de júbilo).

Tía Esmeralda (soltera, un velo por la cara, un colmillo de oro, un mentón picudo), que se derrengaba intentando aplacar mi llanto con su sonrisa, cuando su sonrisa era precisamente lo que suscitaba en mí aquella irreprimible necesidad de gritar.

Tía Paloma (estéril), que para saludar y despedirse atacaba a todo el mundo con una inclemente racha de besos inexorables. ¡Qué escalofrío imperecedero conservo aún en las mejillas!

Pronto quedaron atrás los sonajeros, los imperdibles punzantes, los tiesos fajitos de hule y el mortificante «proceso lógico» del sarampión, sin dejar en mi memoria una huella más durable que la fugaz estremezón que sobrevive en los raíles al paso del tren. Y quizás el breve túnel de la pubertad no me hubiera parecido tan largo, tan humoso, tan ensordecedor, si en mi confortable vagón no se hubieran instalado mis tías a un almuerzo de domingo, a un julepe de lunes, a un tricot de martes, a un paseo de miércoles, a un «teatro leído» de viernes, y a una repostería de sábado (donde se plastecían los ponzoñosos pastelillos del domingo).

¿Y el jueves? Diré que ése podía haber sido un bendito día: el jueves descansaba la farándula, el jueves se respetaba la intimidad de la dueña de la casa... *pero* el jueves se franqueaban las puertas a un nervioso profesor de piano que trataba de salvar el inmenso abismo que separaba a mi madre de Chopin.

Dos necrologías de la época.

Un viento de meningococos barrió al General de Intendencia Amador Tarín, cuyas hazañas de guerra no desviaron el torrente de la Historia. De esta manera, tiíta Flor (la Generala Flor G. de Tarín, 32 años, medias oscuras, traje de chaqueta) pasó a ser dichosa pensionista, y las inclemencias de diez inviernos aún no han sido para marchitar los laureles de hojalata del pequeño mausoleo (tamaño matrimonial), donde las cenizas del General aguardan a las de la Generala. No se crea que el epitafio reproducido a continuación es un puro capricho de mi pérfido buril, y que sólo corresponde a una verdad simbólica.

✝

A mi fiel Amador,
que en diez años de
matrimonio, duerme
por primera vez fuera
de casa, su esposa Flor.
R. I. P.

También por aquellos días quedó en el camino alguien que desistió de seguir envejeciendo, alguien que nunca se soltó las trenzas de colegiala, y que, a ese no querer representar su edad, contribuía su excesivo optimismo: Tía Juana de Arco (¿la recuerdas atrapando «besitos *air mail*» con una soga al cuello, en lo alto de una silla?), que se casó con un acróbata-cómico confiando ser amada al margen de su dinero, y se colgó (se colgó de verdad) con la esperanza de que alguien cortara la cuerda.

Mi adolescencia fue menos brillante e igualmente turbadora. Transcurrieron mis estériles horas puberales a la sombra de gruesos volúmenes grecolatinos y compendios de química (ingenio e industria), y otras disciplinas altisonantes, siempre al amparo de ilustres preceptores sifilíticos, dómines pedantes y tutores que atendían con extraño placer a la voz de «pedagogo» y «preceptor».

Fue por aquel entonces, antes quizá, cuando comprobé por primera vez la placentera reacción de algunas partes de mi cuerpo a determinados estímulos de unos fascículos de La Biblia en Imágenes (Lámina VII, las hijas de Lot. Lámina XV, Judit seduce a Holofernes. Lámina XXI, El baño de Susana. Lámina LXII, Salomón y la negra Sulamita).

Es de saber que entré en la pubertad alto de cuerpo, pulcro de maneras, timorato de espíritu y frescos los novísimos (Muerte, Juicio, Infierno o Gloria, aprendidos en este orden). Pero pronto me torné en sucio, deshonesto en el mirar y goloso en el comer. Este trueque, mis padres lo atribuyeron a cierto prematuro desliz que conocerán quienes no deseen dejarme de la mano, y que relataré seguidamente, más por ofrecer datos al sociólogo que holganza al licencioso.

¿Pero nos alejará mucho de nuestro objetivo si antes nos remontamos, de una manera sucinta, por los eslabones de esta cadena que ya me atenaza, para presentar lo que en el Código Penal se llaman «antecedentes»?

Para intentar una reconstrucción exacta de mis primeros gambitos, diré que sobre el damero de entonces estaban el rey Salomón de los grabados, y una sirvienta negra, que no dudé en llamarla Sulamita (véase lámina LXII de la Biblia en Imágenes), y una sirvienta blanca, y una noche negra, y una luna blanca, y un peón aventurado.

El caso es, interesado lector, que la negra Sulamita dormía en un aposento algo apartado, que daba a la cara posterior del edificio, cercano a las cocheras, para estar al tanto de los que por aquella puerta pudieran entrar o salir. El desvelado muchacho (a quien la chica, por otra parte, miraba con muy buenos ojos, pues los guiñaba y sonreía al paso del chiquillo) ardió en curiosidad por muchos meses, sin hallar sosiego ni de día ni de noche. Al principio, poco sagaz y nada discursivo, buscaba el niño ocasiones para ver las tripas al juguete, atisbando por ventanas y cerraduras.

En la alcoba de Sulamita no se prendían las bombillas, pero un sordo bullicio, parecido al que levanta una camada de cachorros disputándose las tetillas, me advertía de su presencia por la noche. Mecido en la elástica malla de susurros, de jadeos y risitas, quedaba el pequeño Narciso dormido a su puerta, enroscado en el felpudo, como esos animalitos tristes imaginados por Andersen. Pero misteriosamente llevado por algunos brazos cuidadosos, a la mañana siguiente despertaba Narciso entre sus cuentos de niño y sus redomas de brujo, para esperar la noche con un ataque de hipo ansioso, y volver a precipitarse a través del dilatado muro de sombras que le separaba de los perritos y las tetillas, y dormirse allí de nuevo y amanecer en su lecho, otra vez transportado por las hadas.

Hasta que una limpia noche de insomnio precoz, en que acudí simplemente a acurrucarme en su esterilla (ya no conciliaba el sueño de otra forma), el ojo de la cerradura me brindó un rayo de luna. A pesar de que lo contemplado allí no puede creerse, me tomaré la molestia de presentar un boceto «coherente» (si hemos de evitar la palabra «verosímil»):

Hay un pálido disco de plata en la ventana y una estremezón de tilos, y una hermosa negra pintándose bigotes y fumándose una pipa cuyos hornos le ubican las pupilas bajo un ala de cuervo, no, de un sombrero irisado (un sombrero de mi padre) que rueda por el piso cuando ella se derrumba en la cama; hay una negra mano (¿la suya propia?, ¿la que le prestan mis deseos?) que le arranca los botones de una casaca galoneada (la casaca de Westmiller o Weismuller) y le amasa la gelatina de los pechos; y hay, al fin, un trepar a los cimacios del cabecero y cabalgarlo entre las piernas calzadas con botas de goma (las botas del jardinero), y un definitivo abrazo con la almohada, sacando de la garganta voces de hombre: «puta, puta»; y voces de mujer: «más, más»; de hombre: «puta maldita»; y de mujer: «así, asííí».

Todo vibró, giró, chirrió por un instante, en el que aún me recuerdo haciendo lo que dice Marcial que hacían los guardias frigios detrás de la puerta, cuando escuchaban los placenteros gemidos de Andrómaca en los brazos de Héctor.

Sulamita duró cinco lunas más (las conté tachando los días inhábiles en un calendario, con la febril congoja del explorador perseguido por antropófagos, que se abre paso en la selva con un machete). Creí llegado mi fin cuando, tras un par de días tormentosos y con una flecha atravesada de mala manera en el vientre, hallé el campamento sin luna, ni hechizos, ni reina negra.

Mas, oh amiguitos. Paso por alto mi conversación con un geniecillo materializado en uno de mis amargos lagrimones, para apresurarme a narraros cómo, al poco tiempo, vino a ocupar el claro del bosque una reina blanca, graciosa y desenvuelta, bastante mayor que yo, para mi edad de entonces (apenas si había yo cumplido los catorce), que aunque algo desaliñada de ademanes traía siempre muy bonita cara, y un cuerpo que la prontitud de mi notable entendimiento lo intuyó delirantemente apetitoso: rincones de chocolate, grutas de mazapán y colinas de merengue rematadas por guindas escarchadas.

¿Por qué se llamaba Eva? Hay nombres camaleónicos, que se te adaptan al alma, desde el bautismo, como unos guantes.

El ir y venir de la nueva camarera con los platos y las fuentes, abría el apetito. Aquella primera noche cené pensando en el ojo de la cerradura, en los grabados bíblicos (Lámina I), en las mil sugeridoras maneras de pronunciar aquel nombre deslizante que ya era de por sí un susurro: Eva-vea-ave-vae-ev-ea-e-a-v... Ella puso delante de mí el frutero, con manos sonrosadas, obsequiosas, que me parecieron casi impuras. Pero no pudo decirse que hallé propiamente las tres patas del enigma, hasta que la sonriente emisaria de la Esfinge (alada y mofletuda), no me alargó una de aquellas cautivadoras manzanas.

No hay más que decir que el muchacho, después de cenar, reptó hasta detrás de las cortinas del aposento codiciado, en espera a que apareciese la mujer y se desnudase ante sus ojos, para mirarla en redondo, y, así satisfecho, volverse luego a la cama. Porque quien quiera toparse a su gusto con mujer (¡he aquí la solución al jeroglífico del frutero, las manos, la sonrisa, el nombre y las estampas!) debe hacerse culebra y obrar como tal, pues las mujeres heredaron de Eva su disposición a compartir el rancho con la serpiente.

Bien ajeno estaba el chiquillo a lo que le había de suceder, boquiabierto tras el cortinaje, viendo el rigor y parsimonia que la lagarta ponía en despojarse de sus adornos, desabotonándose, descorriendo cremalleras, destrabando corchetes, desprendiéndose de las cáscaras y caparazones. Entornaba ella los párpados, de vez en vez, que es ésta muy ordinaria treta de mujeres, y relajaba los miembros con anhélitos, con vaivenes de cabeza y contorsiones del tronco y caderas, mostrándose ahora de espaldas, ahora de frente, parándose, cuando solamente le faltaban por soltar las piezas de lencería, y mirando hacia la cortina. ¿Qué razones eran estas para no entender?, ¿qué cabo para no tirar?, ¿qué lazo para no caer?

Ya se veía el tierno e inocente pajarillo despedazado de dos zarpazos. Pero en esta coyuntura la chica le hizo un ademán con la mano, ordenándole que se acercara, a lo que el muchachito, temeroso y obediente, rindió el entendimiento, abandonando el escondite. Me vi por fin, cara a cara con La Lujuria. Más que mirarme me palpó con los ojos y, sin más dilación (vean los lectores qué duro trance para el infeliz), se desnudó y ordenó que yo hiciera lo mismo, y obedecí pensando: no hay servidumbre que no tenga luces para decretar, ni dueño que no abone su tributo a la esclavitud.

Aún recuerdo a Eva macerándome en silencio con su variado repertorio de posturas, volviéndome una y otra vez como a un pescadito en la sartén. Era una de esas Máquinas de Cariño que hay que admirar, pero a la que entonces no otorgué otra admiración que la que me inspiraba el caballo de Atila.

Cuando la evoco en su elasticidad de contorsionista, vibrando como una epiléptica (aún me parece tenerla delante y detrás, arriba y abajo, dentro y fuera), sólo puedo explicar mi llanto de aquella noche (ya su primer empellón me arrancó un gesto de probar vinagre, que ella bebió de mis labios con salaz succión) por la sensación de peligro que a los niños les despiertan las situaciones nuevas.

No es mi intención, comprensivos lectores,

hacer catequesis de aquel desvarío. Pero no puedo menos de anotar que allí recibí mi primera lección práctica de zoología y botánica a un tiempo, con su rudo vaivén acoplado a mis temblores, y su cariño a mis turbadas lágrimas (con las que quizá yo quería indicar que se apiadara de mí, pues mi materia de entonces era muy frágil) mientras su boca de ternera buscaba entre mis rodillas (no lo diré con rodeos) la última gotita de mi plausible desahogo.

Luego me despidió, quedando desgreñada y satisfecha. Y yo cautivo. Digo esto, porque, tras mi bautismo de carne, acudieron noche tras noches mis miembros a participar de la venusíaca ceremonia, a la que ella siempre accedía gustosa y oficiaba muda, excepto algún día que alabó mi trabajo diciéndome algo así como que yo le recordaba a mi padre, o al suyo. En resolución, diré, honestos lectores, que al fin tuvo que abandonar la chica nuestra casa porque, al decir de mi madre, «era una muchacha que se daba muy poca maña para las cosas manuales».

Durante aquella etapa de mi adiestramiento para la batalla de la vida, practiqué el tiro con arco y la esgrima (precisión y fuerza de voluntad, muchachos), con profesionales de la especialidad, todos unos presumidos castrados. Más adelante me instruí en los rudimentos del arte de solfear, con una de mis más abnegadas institutrices ninfómanas: *Mademoiselle Bruyantorgasme*. Pero no nos desviemos de nuestro propósito. Transcurrió, pues, mi adolescencia (y ahora recapitulo) en la penumbra, entre el adiestramiento físico, el psitacismo de las lecciones y alguna que otra nueva ilustración venérea por parte de alguno de mis más celosos tutores. Y como los años iban dándome más vigor, robustez, gusto y entendimiento para desear todo linaje de enredos, me inicié en muchos ardides y mañas extravagantes que inventaba mi ociosidad y que no se cuentan en las vidas de famosos ahorcados.

Y ahora que sabes casi todo de mí, terminenos el cuento. Ved cómo Lía abandona la casa precipitadamente, cómo atraviesa el jardín, cómo aplasta unos macizos de lilas a su paso, cómo la brisa nocturna hincha los lienzos de su ropa de dormir, y con ella la verde envoltura de su abrigo, en la rampa de la plateada ladera. Y cómo yo, remachadas las protuberancias del rostro por el martillo verbal de mi madre, me salí al bosque. Sentado en la yerba, al amparo de sauces amigos, abracé mis rodillas para meditar. Y en la cómoda postura intrauterina, hacia la que tiende irremediablemente el hombre que medita, que llora, que duerme o que defeca, dediqué al asunto Lía el quinto de mis innumerables insomnios.

Allí tomé la resolución de irrumpir de nuevo en su sueño y, una de dos (quedó uncida a mi mente la diabólica disyuntiva que un sátiro turbio se encargó de canturreármela a la oreja durante el resto de

111

aquella mala velada bajo el sauce, «una de dos, una de dos», repetía en mí el geniecillo nauseabundo): o la desdichada accede aunque no sea más que a una simple caricia de mi mano, o deberá precipitarse una y otra vez en el apartado lecho del cenador, donde morirá sofocada por la crispada mano de su propia testarudez.

Inobjetable planteamiento, lógica espeluznante, consecuente decisión. Porque también a veces convino incendiar los estériles campos, y con bulliciosa llama hacer arder el rastrojo seco. Y también la mies se corta, la mies rubia, y en lo recio del sol se trilla en la era el seco grano.

Soy consciente de que, cuando un relato de crímenes ha doblado ya el último recodo de la intriga y se precipita hacia un relampagueante final, un buen fabulador no debe meterse a explicar cómo su meticuloso protagonista prometió no ingerir alimento, como los grandes místicos, hasta no reafirmarse en su decisión, ni a decir que ello era razón, porque el discurrir pide silencio y quietud, y la digestión se hace con gran estruendo y alboroto (por eso Platón loa que el Creador hiciera apartado el estómago del cerebro en tanta distancia), levantando muchos vapores que enturbian las figuras y raciocinios. No. Un buen literato no lo haría. Pero no es el propósito de esta historia divertir, sino aliviar de culpa el alma de un borracho.

La mañana la pasé bajo llave en mi guarida,

abriendo en canal mis motivos, bombeando argumentos, mutilando ápendices inútiles, achicando los discursos inundados de ternura. Y mis vísceras ensangrentadas, a pedazos pendían ya del techo, cuando alguien que arrastraba los pies (posiblemente el viejo mayordomo), deslizó un mensaje por debajo de la puerta.

Rosado y diminuto, el sobre exhibía trazos de colegiala en su época de desgaire. En la línea superior, en solitario, la preposición «para», y debajo mi nombre, remolcando sus dos ilustres apellidos, en mayúsculas, precedidos del epígrafe «señor» en letra redondilla (me gustaría que lo vieras, lector). Más abajo, un «de parte de» (aquí su horrible apodo de pila, con rabos deliciosamente despatarrados). Y cerca del ángulo inferior derecho, entre las orejeras de un descomunal paréntesis, «entréguese en propia mano», detalle al que no atendió el eunuco. De una uñada rompí los siete sellos, bebí un trago de una substancia verde que me hinchó la joroba, y un regüeldo sepulcral, que era una salva, anunció la fiesta:

«Querido primo». (Oh, me llama querido, la cínica).

Debo hacer notar a mis jueces que el encabezamiento es casi lo único que recuerdo textualmente, ya que no me dio tiempo a repasar el contenido de la cuartilla, puesto que, tras la primera lectura, me apresuré a despedazarla con los dientes, a convertirla en unos fragmentos fugaces que succionó el vórtice del sifón de mi letrina. El sobre (ya muy manchado), lo único que de ella conscientemente conservé conmigo, está aquí, junto al montón de papeles garrapateados.

La epístola estaba redactada en los términos que, poco más o menos, y sin orden riguroso, reconstruyo a continuación:

«Pésame darte nuevas de tan poco gusto para ambos, pero eres muy tonto si crees que existe alguien en el mundo que pueda mancillar la flor de mi pureza ¡¡¡antes me muero!!! y menos un muchacho lascivo, pecador y que, por ser mi primo, ni siquiera puede conducirme con él al altar. Se despide con un beso muy largo, tu prima».

En atención a la escrupulosa veracidad de este nimio pasaje corresponde aquilatar que así como lo de «flor de pureza» es un añadido de mi cosecha, te juro que las expresiones «mancillar», «muchacho lascivo» y «conducirme al altar» permanecen fieles al texto.

Aun a riesgo de sucumbir a cierta retórica fácil, impropia de mi estilo; aun a riesgo de mostrarme manoteando torpemente en las ciénagas de la debilidad; aun a riesgo de liquidar en un momento, ante los ojos de mis lectoras, un bronce de mí mismo, labrado con lento trabajo, cuyo pedestal de barro ya no me sostiene, no ocultaré por más tiempo que quedé entre consternado y ofendido, como ya habréis adivinado. ¿Por qué aquel «muy tonto»? ¿Por qué un «antes me muero» con tres puntos de admiración? ¿Y por qué, sobre todo, un beso precisamente «muy largo»? ¡¡¡Misterios del corazón femenino!!!

Sabe el Cielo que hice lo imposible por encararme al Destino, por desviarlo, por torcerlo, pero es una barra de hierro más fuerte que cualquiera de los músculos de la voluntad. Y tras tirar de la cadena, lloré. Anótenlo así los taquígrafos de la sala.

Atardecía, ay, cuando opté por dar muerte a la huérfana, si reincidía en lo del cenador. «¿Una piedra cae sobre una jarra? ¡Pobre jarra! ¿Una jarra cae sobre una piedra? ¡Pobre jarra!» dice el Talmud. Pero ya es tarde para lamentarse.

Si algo más quieres saber de Lía antes de que la entierre definitivamente, te diré, lector meticuloso, que conservaba en el área lumbar unos lunares, como nuestro abuelo, que decía haber sido, en reencarnaciones anteriores, mariquita de los siete puntos. Del cuerpo de mi prima me gustaba todo: sus pulmones de esponja, sus mucosas blandas, sus agallas transparentes. Era el acertado fruto de tío A. (del que tan poco sabemos, salvo que hurgó en ciertos yacimientos de la familia, pisó el Polo Magnético y murió de una enfermedad muy parecida a la glosopeda) y de una encantadora dama que desapareció sin dejar más noticia de su vida que el engorroso asunto del gato, y su paso por la alcoba del plantígrado. Pero Lía, honestas damas que a vuestras sobrinas desaconsejáis la lectura de este práctico devocionario, al parecer no gozaba de acceso a lo carnal. Dicho de otra manera y para que me entiendan los escolares, Lía, queridos alumnos, era criptógama.

Muchas veces, en los tres días subsiguientes (estudio, aridez y desazón), cayeron sobre mi estanque de bencina los recuerdos incendiados de los insólitos «deleites caliopescos». Mi última voluntad es que esta expresión quede en la Academia. Calíope y yo consumimos, abrazados en el fondo de la barca a la deriva (sólo el ojo de la gaviota captó los pormenores), todas las variaciones de las rutas costeras, abrimos nuevos senderos en la intrincada vegetación montaraz (en varias ocasiones probé su sabrosa sangre en los rasguños de sus piernas, y directamente de su yugular el día que fue mordida por una araña en el cuello y yo tuve que extraer el veneno con mi trompa nerviosa), deslizamos nuestros cuerpos por las hendeduras de las rocas, verificamos los caminos forestales del país y anidamos las altas peñas, su cabeza desprendida del tronco y tirada en mi hombro, una pata, caprichosa, extraviada de mi vientre boscoso. Insaciable degustadora de cualquier savia viril, Calíope sorbía cada tarde (un latido del plumón de su sien, un vaho rosa-púrpura en el horizonte) el jugo de mi boca, con litúrgica devoción. Y tras recibir mi primer sondeo al que se hacía sobradamente acreedora (qué brusco corrimiento de tierra y qué coletazo), entraba en letargo mientras los desconcertados pececitos de mis dedos remontaban alocadamente el turbión de mi impaciencia.

Mi intención, con exponer esto, es que comprendas, lector adulto, mi asfixia sentimental de aquella triple jornada en soledad. Y me temo que, vosotros, los niños, no sigáis bien este difícil curso de acontecimientos. Por lo tanto, para vosotros haré un breve extracto de los sucesos más sobresalientes acontecidos desde el momento en que me dejasteis en la letrina con la mano en la palanca de la bomba de agua.

Tras la catarata del inodoro, en la mitad de la tarde de aquel nefasto ocho de agosto (ciño el recuerdo con tentáculo firme), se desató sobre las frágiles cervices de los habitantes de la mansión maldita un temporal de lluvias y truenos que, al parecer, duraron hasta la madrugada (el crótalo estuvo muy borracho aquella noche para advertirlo), según explicaba la huérfana en el jardín a sus tíos durante el desayuno. «Horribles truenos», «horribles relámpagos», «terrible lluvia», llegaban las aclaraciones de la chiquilla por la ventana entreabierta del sórdido gabinete del doctor Narciso, cuyo cerebro rudimentario, sumergido en los abismos del Tomo VI (Látex tóxico y acción farmacológica) de la Enciclopedia de Botánica Medicamentosa, Stuttgart, 1905, calculaba la más espeluznante maquinación botánica. Y cuando el carro portador de la aurora de doradas trenzas franqueaba los umbrales del noveno día de agosto,

117

Narciso, que no había mudado de propósito, abandonó el cubil por primera vez tras su letargo triduano, para tomar el teléfono y encargar, en un lejano vivero, diez infernales retoños del género *Hippomane Mancinella*.

Del resto de aquellos tres días nadie supo nada, excepto que el informe animal se paseaba descalzo, semidesnudo y con los cabellos en desorden, al decir de las bellas sirvientas que, cada mañana y cada tarde, acudían con el alimento al inmundo invernáculo, donde eran pellizcadas en los pechos por el reptil, que repetía sin cesar en voz baja «*quid me, stulta, dentes captas ledere/omne assuevi ferrum quae corrodere?*»[1], tras lo cual ellas se daban precipitadamente a la fuga, afectando corbetas y emitiendo débiles relinchos.

Advirtamos, antes de proseguir, que hubo alguna discrepancia entre mis padres, sobre la manera de cómo se había de llevar a cabo mi educación. Y así, mientras mi madre opinaba, con entonados timbres, que sería para mí de gran provecho que me asentaran la mano los instructores para quitarme la simpleza, porque mejor me familiarizara con las asperezas de la existencia y pudiera valerme por mí en esta corrompida sociedad de brutos animales, mi padre optaba por el buen conteniente, el tono bajo y reposado, y el semblante comprensivo

1. ¿Por qué, necia, buscas hincarme el diente a mí, que suelo hacer polvo el hierro? (Fábulas de Fedro. 8.ª fábula: La serpiente y la lima. Respuesta de la lima a la serpiente que la mordía.)

y solemne. Y mientras mi hacedora me imponía purgatorio por lo malo, mi padre pasaba esto por alto y daba premio a cualquiera de mis gracias.

Para que conozcáis la poca didáctica del método, pondré el caso que me sucedió no hace mucho. Pretendía mi madre que durante el decurso estival, no pasara las noches fuera de la finca, sentenciando que mis largas ausencias eran la raíz de mi depravación. De aquí que me advirtiera seriamente que, si desobedecía en aquello, mi bolsa no sólo no percibiría, por el resto de la temporada, más dinero de su mano, sino que sufriría el castigo llamado «pena pecuniaria» por los pedagogos modernos. De otra suerte, mi padre se ofreció a llenarme la cartera, si accedía a dar de lado a una frágil criaturilla, pálida, afilada y pelirroja, con moños de abubilla, que desvirgué aquel verano. Era hija de una antigua amante de papá (una esponjosa soprano de mucho fuelle), en cuyo fruto pelirrojo, al decir de sensatas lenguas, él tuvo alguna parte. Como un dios griego, el viejo no perdía oportunidad de procurarse descendencia.

Una vez vi a la señora. ¡Qué mujer superior! Su alma inestable, empero, apenas se ocultaba bajo unas mechas de pelo azul, unos plastones de colorete, unos inciertos rabos de rimmel y un rojo de labios manejado en su cara por un arrebato de Van Gogh.

Un segundo para situar la ocasión, el marco, la atmósfera. Nada importante. El mortal convencionalismo de los entornos increíbles: un chófer de color que aguarda, una terraza florida de club hípico, una salpicadura de sol en el morro de ese automóvil que corta el viento con una figurita que parece volar aunque el vehículo esté parado.

Sorbía de la misma paja que papá. Aunque no desvió la mirada al apretarme la mano, aunque no tiró del escote al adivinarme los mil ojos, su nerviosa manera de no hacerlo subrayó un perdido estado de inocencia: sus labios eran más un aparato de señales procaces que un accesorio del tubo digestivo.

Consigno estos cuatro detalles vagos, que no son sino pinceladas de bulto, para mejor encuadrar el objeto que nos interesa: junto a ellos (agarrada a otra pajita), toda lazos, toda estímulos, toda sorbos de limonada, estaba *su hija*, o, si lo prefieres, *mi hermana*. No se explica cómo de aquella espesa pareja de comanches pudo haber salido Pluma Ligera.

El resto me pareció menos una conquista que la fantasía de una conquista. Ella misma me pidió ambiguamente que la llevara a «donde están los caballos» (se refería a los garañones), y no torné sin haberle hecho partícipe de ese dulce juego en el que (si hemos de creer a los poetas hindúes) el impudor es un adorno, el arañazo un homenaje, el mordisco un solaz y el comedimiento un crimen. La devolví con las mejillas como ascuas y los moños en desorden. Su madre me favoreció con una sonrisa, y despedí a la señora palmeándole la nalga (una manera de explicarle que no estaba equivocada respecto a mí), gesto que ofendió mucho a mi padre.

Accedí a soltar a la abubilla sólo para cobrar el dinero con que pagar las multas que mi madre me imponía por mis eclipses. Apenas cometeré una leve exageración si oso decir que no la eché en falta. La adornaban la discreción, cierto olfato para distinguir mis evanescentes estados de ánimo y una rara lealtad de jenízaro, pero en punto a belleza era palpablemente inferior al arco iris.

Aquel mismo verano rompí con Calíope, cuyo pequeño cráneo cansado (vuelvo a lo mismo, su fantasma me resulta de una objetividad particular en estos días que trato asuntos de ultratumba) buscaba siempre reposo en la sima de mis ingles, y allí se rendía a las oscuras predilecciones del caprichoso Onán.

«Me gustan los ositos como tú», me decía. Yo nunca respondía nada. Me limitaba a hacer emigrar con sencillez una de mis callosas extremidades hacia su vientre y pasear las yemas de mis cien dedos por el despeñadero, con afectada falta de entusiasmo, caricias frías que ella acogía con un runruneo tan reconocido que le valía una más amplia serie de tocamientos surtidos. De todas formas, cultivaba un aire de agotamiento desmadejado, especialmente después que paseábamos a caballo (los dos sobre la misma grupa, como imaginaste), o corríamos hasta las rocas (siempre ella en mi persecución), o copulábamos en mi sarcófago.

Se apartaba con una mano, de las sienes húmedas, la desorganizada melena, y escondía los ojitos debajo de las cejas, para almibarar el entusiasmo, del que yo fui único destinatario y consumidor ferviente, instrumento y receptáculo, sujeto y objeto. Ay, aquella continua necesidad de acariciar, sonreír, languidecer, reposar, desfallecer y resurgir. Después del almuerzo, mi estómago servía siempre de almohadilla para su cabeza seccionada, y se dormía con las manos cautivas en mi juguete. De esta manera transcurrió el verano en que la conocí, la poseí y la perdí para siempre, como dicen las cupletistas.

Y ahora vengamos al día once en que, transcurridas aquellas jornadas de retiro y estudio en solitario que ya conoces, encargué los letales arbustos. Pero antes quise dar una última oportunidad de regeneración a Lía. Por lo que, cuando rayó el alba que da consuelo a los mortales, alegría a la campiña, alborozo a los pájaros y nuevo júbilo a las fieras, salté del lecho, me lamí las zarpas y bajé al jardín, para acercarme al tamarindo que amparaba el desayuno campal del enemigo. Besé la mejilla de mi madre y tomé asiento frente a mi prima, tras haber concedido una venia a mi padre y una sonrisa ladeada a la chiquilla, imprimiendo a mi cabeza un ligero vaivén entre amenazante y cariñoso. Y con esto di por cancelada, de momento, toda comunicación con el medio ambiente. De forma que, ajeno a cualquier otra realidad que se apartara del estático rostro de la bella desayunándose con montañas de jalea de grosella, ingerí lo mío. En el iluminado rostro de la niña bailan sombras abigarradas, y ráfagas de brisa marina hacen tintinear las copas. Cuando por un instante levanté la mirada, aprecié en la porcelana plomiza de sus ojos, que llovían flores.

Consumida su parte de refrigerio, Lía se levantó de la mesa, saludó a todos, y yo salí tras ella silbando, dando cabriolas, caminando a la pata coja. Pero perded cuidado, amigos. Nada importante quedará sin registrar por vuestra computadora.

1. Sandalias frescas (cintas blancas de lona, dos de las cuales, en zigzag, se aventuran pantorrilla arriba).

2. Vestido vaporoso (listas verticales en rojo, azul y blanco, botones de cerámica), ligero (dos tirantes sobre los ambarinos hombros), muy corto (muslos de baquelita dorada), pegado al cuerpo por el nordeste (nalga, cadera y costado izquierdo), punto de donde ahora llega la brisa, y henchido, ay, en la otra parte, por la acción de los mismos vientos.

La tomé de un brazo y si, ante el atrayente abismo, no me hubiesen advertido mis ángeles del horrible peligro en el que estaba a punto de

123

precipitarme, la hubiera besado, antes de decirle que leí su carta, que estaba contrito... Pero ella, de un tirón se liberó de mi presa para llamarme puerco (oh, aún trascendía su aliento a grosellas). Después, escupió en el suelo, paseó por los jirones de mi alma su mirada despectiva y me dedicó uno de sus más expresivos respingos. Necio, me dije, que no mudan su sentencia de súbito los dioses.

Pasaron los cuatro el resto de la mañana en la playa: La madre (contemplación), bajo la sombra de los toldos, sumergida en el colorido ficticio de los reportajes gráficos. El padre (deporte) ensayando la carrera (un erguido trote de avestruz) a lo largo del litoral. La sobrina (helioterapia), en posición decúbito-supina, expuesta plácidamente a la acción de los benéficos rayos solares. Y el despreciable renacuajo de la familia (neuroglandulomaquia) abandonado a la humedad de una profunda gruta natural, durmiendo espasmódicamente, pues un pequeño golpe, dijo Ovidio, es suficiente para romper lo que ya ha sido resquebrajado. Y durante aquellas horas meridianas del once de agosto (esto sucedió hace sólo cuatro efímeras jornadas y ya me parece que han pasado cuatro centurias) deglutí la idea de que jamás podría incluir en mi órbita a la pequeña, ni tampoco incorporarme yo, de alguna manera, a su rígido sistema.

Cuantos criminales me honran con su lectura conocen muy bien ese *ciego desahogo de los impul-*

sos (W. von Henting, *Der Triebhafte Charakter*, cap. IV: *Zum Problem der Antriebe und Triebenergetik des Menschen*) que nunca termina de fraguarse en total alivio o en total desdicha. A la primera impresión de cautelosa angustia, pronto se agregan otras: la de indiferencia primero, la de desesperación después, la de lo inextricablemente sublime, la de lo irrisoriamente insensato. Una duda es un ratón arrojado al laberinto del cerebro, cuya arquitectura está pensada para confundir. A buen seguro que la intrincada simetría de sus circunvoluciones se halla perversamente subordinada a ese fin. ¿Se me creerá (por mucho que lo repita) que, impulsado por un sincero amor, mi propia determinación de matarla me afectó hasta las lágrimas?

A partir de aquel momento dejé de pensar. Ya no me dolía en ninguna parte. Con recogimiento de cisterciense repasaba cada una de las piezas, mejoraba los ajustes de mi propio hallazgo.

Fueron mis días siguientes como los del ave que, aunque sola, canta dulcísimas canciones al alba, peina sus alas y pule el pico en el nudo de la rama, y por la tarde levanta sus notas de amor al viento. Seguí almorzando con los míos en el jardín, blandiendo como única arma mi locuaz mutismo que todos respetaron respondiéndome en el mismo lenguaje, salvo la bruja de mi prima que cacareó más que nunca, debatiendo la conveniencia de adoptar un sistema métrico dodecimal, juego coloquial que más respondía a mi mutismo cuanto que era la más estéril conversación que podría hallarse, en el que entraron a participar animadamente mi padre y mi madre (tengo la rara habilidad de advertir la imperceptible huella de lo maligno en las comisuras de sus ojos), cuestiones que, en definitiva, poco importaban al viejo, y de las que, por otra parte, las otras dos sabandijas demostraron no tener ni idea, y que maldita gracia hacían mayormente a mi madre, insaciable devoradora de chismes locales y hábil especialista en desolladuras y contumelias. Ya oigo que os silba la lengua, lectoras mías, aunque no fue mi propósito detenerme en esta cuestión de apariencia marginal para comprobarlo.

Y sería la media tarde (ya para entonces se había distendido el sensible cabello de los higrómetros, ya espesas condensaciones habían corrompido el cielo, y a mí me habían crecido un par de enormes alas negras) cuando me remonté a la arista del tejado, con el pico impasible orientado hacia el lugar de donde tenían que venir los instrumentos del crimen: diez macetones cuajados de infernales arbustos *Hippomanes*, cuyas esencias volatilizadas son capaces de hospitalizar a un gorila que sesteara un rato a su sombra.

Pensé solapar algunos pormenores presintiendo vuestra pregunta: «¿Por qué estarán tan empeñados los literatos en persuadirnos de que alguien mata por amor?» Hacéis muy bien en reputar en poco mi talento para el crimen; hacéis muy bien en no creer una palabra de esta clase de historias donde alguien, embarcado en la insabible empresa de adorar, termina matando; hacéis muy bien, pero los hechos (que no niego infestados de pesadillas, para los que quizá no tenga sino imágenes aproximadas, de los que alguna vez traicioné su simultaneidad, desdoblándolos en descripciones sucesivas, pero sólo por ineptitud de la expresión articulada), los hechos sucedieron literalmente de la nítida forma en que los narro.

Besé a mis diez mudos cómplices al declinar la tarde y, herido el sol por las sombras levantadas del ocaso, ya formaban fila a la puerta del cenador, junto con los otros inofensivos vegetales del jardín. Sólo me restaba, pues, perfilar los pormenores del plan, dos detalles de escasa importancia, pero dignos de saberse:

1. Fijar los movimientos de la huraña, asegurando la constancia de sus reacciones ante un mismo estímulo. De suerte que, y ahora venimos a la práctica, un simple toque de mis nudillos en la puerta de su alcoba durante las horas de la noche bastara para que la perrilla saltase al cenador, lo que un psicólogo llamaría «imbuición de reflejos condicionados». La experiencia daría comienzo aquella misma noche del duodécimo día de agosto, y no me supondría mayor trabajo (diré que sólo bastaron tres ensayos) pues su orgullosa palabra empeñada suplió al látigo del domador.

2.   Y esperar a que llegara la primera noche destemplada del mes (hoy, hoy, lectores míos), para introducir en el cenador los diez delicados vástagos, muy susceptibles, cuando jóvenes, al viento, al agua y a las variaciones térmicas.

Resguardar de la crudeza unos delicados arbustos. ¿No hubiéramos hecho nosotros lo mismo? ¡Hurtarlos a la garra voraz de los hielos! ¡Éste fue realmente el «nefando móvil» que impulsó a mi defendido, en la noche de autos, a ponerlos a cubierto en el caldeado cenador, un recinto de construcción ligera (nogal y vidrio), calafateado por septentrión, con cuatro ventanas abiertas al sur! Su constructor algo sabía de vientos: de las frías rachas continentales y del invernal aquilón. Prueba de ello es que la víctima eligió aquel resguardado, llamémosle «cuasi-invernadero», para refugiarse *precisamente* allí la primera noche desapacible de un verano que ya declinaba. ¿Puede dudarse de que esas generosas manos (aquí la Defensa señalará al Acusado sorprendido en reproducir una crispación de dedos sobre las sienes, no, así no, no es oportuno arrancarse los cabellos), esas Manos de Niño Asustado, que se desvelaron por aquellos arbolitos, se teñirían en la sangre de su prima-hermana? Quien así lo crea, puede comenzar a despreciarse...

Dejo a mi elocuente defensor el cuidado de confundir a los autores de aquella «inicua sospecha», mientras me precipito a desvelaros lo que os

128

resta por saber: cómo la tarde, en espeso bochorno, se cerró ayer sobre mi vibrante y amargo propósito; cómo la plateada tormenta que venía cociéndose allá, en los desvanes del firmamento, estalló sobre el caserón como una bonita bomba japonesa cuajada de golosinas y confeti; y cómo el híspido ogro volvió a franquear la sagrada cueva, cuyos cerrojos de bronce habían sido desgajados por la irrupción de los hunos, en la noche de La Venganza de Crimilda.

Una vez dentro, cerré la puerta con los omoplatos. Aquello era un horno y olía a violetas. Y en la pantalla de mi recuerdo se encendieron las figuras del pasado: ella y yo en el ardiente instante rural, la tarde de nuestro primer día, a caballo, cerca de la fronda, como dos arbustos gemelos, como dos inseparables macizos de madreselva, que nacieron juntos... Oh, entonces, la creí casi poseída (hoy diría «casi salvada»).

No es mi propósito hacerme gravoso (perdóname, lector, estoy muy borracho), pero antes quiero reponer para ti la vieja secuencia, a cámara lenta, quizá por mi renovado afán de justificarme. ¿Recordáis, amigos? Un ocaso campestre, una ansiedad en acción (manojos de fantasmas pendientes de mis dedos) y una mano que inicia la exploración de los insólitos terrenos vírgenes. La princesa sentenciada (escena retrospectiva que, como ves, esta noche proyecto por segunda vez sobre la imagen de su cadáver), en un principio se limitó a seguir respirando con normalidad. Fue cuando mis equipos de reconocimiento se entretuvieron, por una fracción de tiempo imperceptible, en detectar, en aquella cálida y convulsa cámara, una insospechada sinfonía de ritmos vasculares en aceleración. Mi mano, esa Mano de Niño Asustado, se posó en su vientre melífero, terso, venenoso, palpitante, fecundo, de abeja reina. Toda su arquitectura se estremeció. Detengamos aquí el proyector. Observad que mi mano, honestamente depositada en la zona media de su estómago, se destaca sobre el blanco lienzo de la vestidura nupcial. No viola ley alguna del decoro, no propasa la línea de las fronteras naturales del terreno, no invade zonas de proscripción, no arrebata todavía el tallo, ni tan siquiera roza con las yemas de sus dedos la fruta prohibida. Ninguna clandestinidad, ninguna contorsión que denuncie lascivia o brusquedad. Sencillamente extendida al abrigo del soportal de los senos núbiles. ¿Pensáis que esto pudo afectar a las cenizas de los difuntos? ¿Suponéis que tales bagatelas pueden perturbar la tranquilidad de las tumbas?

En aquellos recuerdos se entretenía mi ánimo, dentro de la cámara oscura, cuando de súbito se hizo la luz en la alcoba (estaba despierta la pícara y sin duda me había visto entrar). Simplemente enfundada en un ligero pijama estampado de florecillas rosadas, amarillas y malvas, pegado al cuerpo por el sudor (ya hice observar que reinaba un calor sofocante en aquel habitáculo hermético), me recibió esbozando una mueca de inteligencia. (Ya no daba últimamente el toque de rebato con su poderoso trompetín). Ensayé un paso en dirección a aquellos labios húmedos, por ver si aún podía redimirla de la calamidad a la que estaba avocada en su obstinación. Pero no. Antes los lobos se unirán con los corderos. De un salto se puso en pie y, envolviendo su cuerpecillo húmedo en la capa verde, voló al cenador bajo la lluvia. No me tientes a describirla: una sultana denigrando la infructuosidad del eunuco que la protege, el salto estelar de una bonita garza que al tigre deja con la zarpa en alto, podían ser imágenes cercanas.

Vedla empaparse de tormenta, menospreciar la cólera de un cielo electrizado. Pensé que una neumonía quizá me hubiese ahorrado el trabajo de matarla. Pero ya la suerte estaba echada: diez verdugos se abrían de brazos en el cenador.

Ahora lamento no haberme explicado a mi gusto en el capítulo «Mis institutrices ninfómanas», para que hubieses conocido a una de las más rotundas antípodas de la señorita Témpano. Me estoy refiriendo a *Mademoiselle Bruyantorgasme*. ¡Todo un curso de solfeo con mis dos ansiosas manos repletas del bronce resonante de sus pechos de valquiria! Una faceta ambiental: El servilismo de sus deseos jamás se alzó contra la audacia de mi conducta. Una nota psicológica: Las mujeres tienen un modo angelical de no darse cuenta de las familiaridades que los hombres se toman con ellas. Un detalle cronológico: *Mlle. Bruyant-orgasme* tampoco duró mucho tiempo en casa. Una efemérides: lo que para mí aquel dejarse abrir la camisa en el jardín, en el rellano de la escalera, en los rincones del salón, era un instante de tierno abandono, para mi madre constituía «un intolerable atentado contra el pudor». Reflexión final: Todas las acciones sublimes que se salieron de lo ordinario, estuvieron sujetas a torcidas interpretaciones.

Sopórtame un poco más, amigo bibliófilo que acompañas mi larga noche de amargura, y escucha en silencio el final del adagio, si todavía no agoté, con mi despanzurrado estilo, tus reservas de tolerancia. Tocamos el final.

¿Has visto alargarse las sombras, y pardas y opacas tentar al búho para que abandone la oquedad del tronco, el desván maldito, una torre clausurada, un vacío nicho de camposanto? Decíamos que acudí noche tras noche a llamar a su puerta, a cuya señal la autómata corría a refugiarse en el cálido cenador. Pero no debo precipitar aquí mi narración. Hubo otro momento en que mis sentimientos se inclinaron en su favor. Era la mañana de ayer (han transcurrido muy pocas horas desde aquel punto de encrucijada), y yo me encontraba con la pelvis hundida en la fresca arena, cuando la sentenciada pisó mi campo visual. Ella acababa de surgir de la espuma (el agua polarizada en gotitas sobre su piel inobjetable, el agua con virtud de purificación y regeneración), como un Nacimiento de Venus.

Primero se tumbó, luego se revolcó. Más tarde se levantó, corrió y se paseó. Unos pocos granitos de toda aquella arena dorada y tórrida del litoral infinito, lustroso, lavado a diario, se habían adherido a la superficie de sus largas piernas, de sus brazos, de su imposible cuerpecito, pero con especial pertinancia (cuán sugerente detalle), en las zonas donde el tegumento se hace más susceptible a los estímulos táctiles. Fue entonces cuando descubrí en mí que Narciso eficaz, calculador, altanero y atrevido, manda, mientras Narciso metódico, pacífico, piadoso y hacendoso, no va más allá de ser un esclavo atónito sometido al brillante dirigente. En vano incité al pronunciamiento y a la rebelión a mis estratos psíquicos inferiores.

Mi naturaleza de Caballo Ganador se resistía a no ver en su despiadado despego sino una ramplona treta de mujeres. No he dicho que Calíope, la más ferviente de mis idólatras (¿será tarde para confesar que abusé de las licencias poéticas hablando de ella?) el primer día sólo me entregó una mano. Es la pura verdad que alguna vez nadamos juntos; es la pura verdad que la desplomé en mi barca en cuatro días; es la pura verdad que la descubrí, como los piratas, con mi catalejo extensible. Y también hubiera sido la pura verdad si, al decir que la hallé entre las rocas, hubiese añadido que no estaba sola ni desnuda.

Si algunos trazos de aquel viejo apunte (que se insinúa bajo estas raspaduras de palimsesto) queremos recuperar para nuestro escrupuloso expediente de pruebas referidas a lo escrito (y que hoy no es más que una abstrusa mancha de tinta en papel mojado), sólo nos cabe retroceder otra vez, aunque no sea más que por un instante, hasta el risueño día en que, desconectado el motor, me tumbé a dormir en mi lancha a la deriva.

Cuando desperté de mi siesta neptúnea, eran tres las siluetas femeninas que se recortaban en lo alto de la pequeña escarpadura granate, tan perfectamente aserrada sobre el mar que no parecía verdadera. Al mismo rompiente escénico pertenecían las terrazas de blancas barandillas, única parte visible, desde mi punto de observación, del Hospital Infantil Talasoterápico (antiguo balneario remozado por algún proyectista de Disneylandia: una versión realista de La Casita de Chocolate), que atrapaba niños cancerosos, a cuya lánguida especie pertenecían, sin duda, los tres fantasmas.

Y si un diosecillo regordete y bondadoso, uno de esos juguetones silfos del aire, no le hubiera arrebatado de un soplo la pamela, que voló hacia mí en alas de paja, Calíope no hubiese descendido de su olimpo roqueño. No puedo asegurar que no fuese una visión de alucinado, que aquel momento no existió sino en mi siesta. Porque no eran de esta vida sus manos calzadas con unos finos guantes de abuela (¿una última moda impuesta por una vieja película?) tramados a ganchillo. Y no le restituí la pamela hasta no arrancarle el juramento formal de volver a vernos al día siguiente.

Pasé a recogerla en mi soleado automóvil, donde quedó abandonado el guantecito de su mano izquierda cuando mis labios, que empezaron en las yemas, elevaron la temperatura de los besos en la escalada del brazo, hasta demostrar su sabida predilección por las orejas.

El resto perdería el interés explicado al detalle. Alegó la férrea disciplina en la observancia del horario en los hospitales y desapareció dejando entre mis dedos de avaro la remembranza táctil de una pequeña muestra anticipada del gran tesoro prometido.

¿Qué es lo poco que he querido decir con todo este largo discurso?

Que desde el primer momento supe que aquellos retozos de mi Lía correspondían a ese género de provocaciones calculadas que descubrí en mi Calíope, y que (de lo particular a lo general) es treta de mujeres usar de sus gracias con tal economía que siempre les quede una por descubrir.

Creo que tú, lector y amigo mío, ya no soportas más esta exhaustiva enumeración de lamentos, consideraciones y puntillos sin interés, ni yo sabría proporcionarte nuevos datos (arrastro ya mi mano por estas últimas cuartillas), por lo que aquí termino. Sólo me resta decir que, como preví, esta noche sería de tiempo desapacible, por lo que introduje los arbustos en el cenador y me dirigí después a la madriguera de Lía, llamé a su puerta y la pobre huérfana partió camino de su tumba. Quizá lo hayas intuido hace rato, pero déjame decirlo a mí. No encontré, de cuantas conozco, forma más dulce de matarla.

Hoy pienso que un duendecito corcovado e ingenioso, entre sus intemporales matraces y redomas, con caprichosa mano mezcló y agitó los ingredientes: el hastío, la frialdad, el frenesí masculino, la botánica, la flor de la pureza, la obstinación femenina y un cenador apartado.

A tres minutos de aquí yace muerta. El tóxico gaseoso que los Hippomanes desprenden en la noche, no perdona. «Un lamentable accidente» cuyos entresijos se sabrán algún día, si antes no he destruido este sumario confidencial en un arrebato de prudencia.

Voy en busca de un hacha para talar todos los árboles del jardín. Sólo de esta manera tendré la certeza de haber abatido el que tío A. plantó cuando vino al mundo la que ahora lo abandona.

Epílogo

Volví a leer esta tarde el prolijo relato que mi mano garrapateó anoche, acerca de no sé qué escandalosos extravíos y andanzas de un caprichoso e incorregible muchacho. Si soportáis mi asmático estilo un poco más, os confesaré la falsedad de lo escrito hasta aquí, como ya habíais sospechado.

El joven Narciso no es aquel muchacho vivo, desflorador sublime, singular demente, sino un fruto espurio de mi enferma cabeza, reblandecida por los vapores del alcohol. Pero aunque tampoco fue todo perfecta mentira (diré por ahora que fue imaginación y realidad a un tiempo), más para ilustración de la juventud que para aprobación de mi vejez, intentará desmentir lo falso, espigar lo cierto y enderezar lo contrahecho que mi embriaguez desfiguró proyectando, en forma de mil disparatadas secuencias, la vida de un joven llamado Narciso (así me apodé allí, seguid, amigos, nombrándome aquí de la misma manera), aquel alegre y poderoso muchacho (ah, vivir a la sombra de un potente apellido), trasunto intencional, quimera vana y fantasma reconstruido por el espejo deforme de un triste anciano bizco, pobre, enfermo y de cerebro resecado por más de medio siglo de tristeza, de latín y de soledad. Como dicen las novelas policíacas, no pudo ocurrir.

Pues he decidido dejar de pintar delfines en los

bosques y jabalíes en las olas, comenzaré diciendo sin ambages que no escribió lo que habéis leído el muchacho agraciado de rostro, noble de estirpe, mimado por la fortuna, joven de edad y pletórico de virilidad (lo habréis notado ya en el léxico, en la madura construcción, en el estilo sentencioso y en la vasta cultura del autor de aquellas páginas), sino este viejo ermitaño, exprofesor de Grecolatinos (¿quién mejor que él podía dar muestras de tan precisos conocimientos de los Clásicos?), miserable, desamparado y enfermo, que aquí abre su corazón. Porque la verdad es que muy alejada está de todo aquello mi vida de célibe, indigente, solitario de profesión, bizco de ojos, torpe en el trato, tímido por naturaleza, timorato por educación, siempre muy corto de ánimo, largo en imaginar y, hoy, agotadas las exiguas facultades, con una flor de papel de seda en el ojal, huésped gratuito de este humilde nosocomio. Mi vida la resumió muy bien Demócrito, cuando dijo que el hombre es todo enfermedad desde la matriz de su madre. Pero antes de ir a mi cuento quiero confesaros que encontré placer en escribir aquellos dislates (mire el lector quién tal pensara), como muchacho que me sentí. Y huyendo de mi pobreza y mi desaliento viví mi sueño sin reparar en pretensiones (hasta maquiné un crimen majestuoso con unos arbustos apenas ofensivos), «que todos somos dóciles imitadores de lo bajo y depravado», conforme a lo de Juvenal. Pero tornemos

138

los bolos a su sitio para iniciar de nuevo la partida.

Cuando abandoné el frío claustro del convento, de tanto latín y griego quedaron repletadas mis jorobas que fácilmente logré empotrar mis magras carnes entre los brazos de una alta y eminente cátedra de grecolatinidad, a la sombra de un elegante liceo femenino. Desde cuya tribuna fiscalicé, durante casi cincuenta años, los granos, los anteojos, las ligas, la goma de mascar y los muslos de todas las que ya son mujeres en esta ciudad.

Mi único punto de observación fue mi cátedra y sus alrededores. Fuera de los muros de mi parque de atracciones, fui lo suficientemente desabrido como para no preocuparme de cómo nacía y se desarrollaba el organismo de mis crías antes de pasar por los registros de mi contaduría secreta, o de cómo se hinchaban y deshinchaban en su afán reproductor después de abandonar mi aula virginal. Algunas de mis deseables tunantas me sobresaltaron cuando, con los años, me devolvían un duplicado aún más conseguido de su propia adolescencia, fatua sensación que me remozaba unos instantes y que, filosóficamente hablando, a Federico Nietzsche le hubiera afilado la pluma. Y lo que el profesor recogía en los brotes de una silueta angelical que comienza de nuevo a despuntar como mujer (en el aroma de un rizo fresco, en el roce encontrado de una segunda versión de caderas evocadas, de pimpollos que atirantan la blusa por los canesúes), lo que el profesor recogía

139

con desesperación eran otros aromas, otros roces, otros anhelos preteridos. Las búsquedas, los empeños, los contactos son como ruidosas cacerías. Rapidísimos huyen los instantes bulliciosos, como liebres perseguidas por podencos.

Y ahora no os alarméis. No es la intención de este viejo iluso ponerse a desmontar uno por uno los motivos que le empujaron a creerse todo lo bello, todo lo rico, todo lo ingenioso que nunca ha sido. A los recuerdos no les es fácil llegar al papel cuando, tras dos noches de caligrafía, han de atravesar el vaho lanoso de unas cataratas seniles.

Así que, en gracia a la brevedad, diré sólo que es muy propio de desvalidos envidiar a los poderosos, y todo indigente codicia y apetece aquello que nunca poseyó. Envidia el vil ratón al chimpancé, viendo que el simio goza de todas las perfecciones que a él le faltan, mientras que el chimpancé siente gran inclinación por la muchacha que lo contempla en la jaula, tanto que la doncella puede matarlo de amores. Luego, la mañana precedente, cuando me dormí tras la jornada alcohólico-literaria, me asaltó un sueño vivo, que me trasladó a mi antigua casa, una buhardilla muy alejada de los lujos del joven Narciso. Y volví a verme con mi querido ratón blanco sobre la mesa donde yo preparaba mis lecciones de Clásicos y donde una mañana recibí a Calíope. Pero vayamos despacio.

Por un agujero de mi cámara maravillosa, el primer día de curso veía cómo entraba la tira de niñas, en el otoño número catorce de su femenina evolución (discurro deliberadamente en términos de organización), y las veía salir el último día de curso, por el agujero opuesto, en su primavera número quince, más floridas, más maduras en todos los sentidos. Cada año pasaba ante mis ojos la misma cinta, que duraba diez meses, con idénticos personajes. Sólo variaba realmente, podría decirse, la caracterización de las actrices (grosor de labios, perfil de naricitas y situación de pecas y lobanillos), porque el mobiliario, los monólogos del coreógrafo y la indumentaria de las chicas de conjunto nunca se alteraron en sus líneas esenciales. Las mutaciones fundamentales se polarizaban en dos puntos sin relieve:

1. El rostro del profesor, que caminaba hacia la momificación, dado que era el único personaje que no se renovaba cada temporada.

2. La chaqueta azul marino con cuello negro de terciopelo, escudo con la insignia de la fundadora, a la que se han incorporado los símbolos de la institución docente, bordado en el bolsillo pectoral (blancas palomas sobre una fuente de plata que sirven de fondo al lema *Puritas et Scientia*), y medias azules, hasta la rodilla, con doble filete rojo en el elástico, que en primavera se trocaba en camisola con bolsillo pectoral que ostentaba el mismo escudo simplificado (se han suprimido los motivos que aportó la Institución, esto es, las palomas y el lema), y calcetines en lugar

de medias. Permanecían invariables la falda gris plisada, la cinta de terciopelo albaricoque que, orlando la cabeza, sujetaba los cabellos de las bestezuelas, y el doble filete rojo en el elástico.

Mi ojo codicioso las esperaba cada mañana en lo alto de su torre de control. Las veía entrar olientes a selva, las hacía ocupar sus ramas. Y si alguna, más desaprensiva, se aventuraba a cruzar las piernas, era reprendida por el honesto profesor Narciso, que traía al caso el Reglamento del Liceo, Parte Cuarta, «La elegancia en las maneras sociales», Artículo Quinto, «Las posturas», cláusulas que redactó, hace milenios, la Señorita Fundadora, inspirada, sin duda alguna, en el Korán, que dice: «Oh, creyentes, ordenad a vuestras mujeres que mantengan los ojos bajos y no crucen las piernas, de manera que no muestren sus encantos sino a aquellos que deben verlos». Legislación que no impedía al profesor que, después de comprobar el estado de la débil maquinaria intelectual de sus discípulas, apreciara sus adolescentes y vigorosas estructuras físicas a media tarde (evitando el rito del té en la Sala de Profesores), desde la ventana del aula (piso entresuelo), en el momento lúdico en que las doncellúnculas iban detrás de una pelota (ay, hurgo la carne viva del recuerdo con un estilete infernal), en blusita blanca sin mangas, sucinta faldita blanca, y braguitas, Dios mío, blancas, verdes, azules, encarnadas.

La descripción literaria es un ejercicio que no

me seduce en absoluto. Pero la mejor manera de que los lectores obtengan algunas aproximaciones al tormento es ponerlos allí, detrás de los cristales, junto al cotorrón pletórico, ignorado, pueril y simiesco (jamás tuvo nadie mirada tan confusa), para admirar el temblor de los breves senos de gelatina bajo las livianas blusas, la tensión de las blancas nucas y los esbeltos cuellos, el juego armonioso de las manos y brazos en movimiento, el latido del encarnado balón de caucho en el cemento, y el de los muslos y las pantorrillas infantiles bajo el generoso (adorable) plisado de las faldas.

Dicen que la vista es el sentido más noble de los cinco corporales, y los poetas y místicos llaman a los ojos puertas y ventanas del alma, por donde entran los gozos y los otros manjares del sentimiento. Por eso me entretengo en contar despacio aquellas supremas visiones vespertinas, a veces interrumpidas por unas manos febles y gélidas, inspiradas en las aletas de foca, que lo arruinaban todo, de pronto, acercándose sigilosamente por detrás, tapándome los ojos y retándome medio en español medio en francés:

—Adivina *qui c'est?*

—(Madame Blois. Mirada crepuscular, pelo escarolado, nalgas plomizas. Casada y separada dos veces. Casada de nuevo y hoy muerta en accidente de montería: posta del doce entre las cejas). Si traes tijeras, Dalila; si traes daga, Charlotte Corday...

¿Alguna vez bajé yo mis puentes levadizos? Sí.

¿Alguna vez descargó ella sus baterías entre mis lánguidos brazos? Sí. Una negra tarde de especiales fulgores la puse de espaldas contra la ventana, para amar a Calíope por encima de las montañas de los hombros de la gorda Blois. ¿Pero qué fulgores? ¿Qué Calíope? A eso vamos.

Un primer día de curso de hace muchos años, el viejo chimpancé entró en el aula rosada, mandó a la nínfea prole sentarse en sus pupitres (rodillas redondeadas, pantorrillas carnosas) y enfocó su catalejo hacia una sublime criatura que le miraba con ojillos color ámbar, cuyo largo, oscuro, brillante cabello se hallaba desprovisto de la institucional cinta de terciopelo, costumbre que más adelante le ocasionaría tener que escuchar a menudo los acres bocinazos de la enjuta Señorita Directora.

«El primer ejercicio consistirá en la simple lectura de uno de nuestros más apreciados poetas latinos. Usted misma», dije mordisqueándole con los ojos los redondos labios.

Tomó con expedición la Selecta Latina entre sus manos doradas por el sol estival y cruzó las piernas ágilmente.

«Comience a leer» dije, olvidando por esta vez los consejos del Profeta.

(Ella). *Ex Horatii Odae. Ad Calliopem.*

(Yo). «A ver. Comience». (Sus felices muslos se ensancharon como cuernos de abundancia, cuando se arrellanó para tomar aliento).

144

(Ella). *Descende de coelo, et dic age mea tibia / regina longum Calliope melos*[1].

(Yo). (Ya lo sabes, pequeña Calíope).

Decir que quedé sumergido largo rato en aquellos ojos de champán apenas nos ayudará a guardar cierta proporción con la realidad. Por eso no escamotearé aquí el sentido recto de las palabras. Me enamoré de ella, señores, como ahora lo estoy de Lía, la madura solterona (ante todo la verdad) que oficia como enfermera en este triste hospital benéfico. Desarrollaré todo esto por partes, si los tragos de hoy me lo permiten (quizá ya notaste que estoy un poco borracho). Lo que me da pie a decir que, como ves, tres notas comparto con el joven Narciso:

1. Ambos gustamos de poner nombres divinos a nuestros amores.

2. Rendimos un ferviente culto a las destilerías, que nos vuelven parlanchines y fecundan nuestras inclinaciones criptográficas.

3. Y, finalmente (no sé si lo dije ya), el profesor Narciso también salió de la casa de Piscis.

Y no es menos cierto que también esta Calíope me despreció (no quería decirlo todavía) en mi propia casa, un día primaveral de aquel curso feliz, cuando me pidió (¿me lo pidió realmente?) que, después de clase, le explicara unos versos de Catulo que yo había asignado para la prueba final

---

1. Desciende del cielo, divina Calíope, y canta una larga melodía al son de mi flautín.

145

de curso. Antes de apresarla en mi pocilga (¿la apresé realmente?) me pensé a mí mismo en las largas jornadas escolares cuando, en plena clase, me paraba un instante para botar a las aguas revueltas de la ficción los pálidos barquitos de mis deseos, que se acercaban a su pupitre sin acercarse, como en los sueños (con la sosegada impunidad con que se obra en los sueños), y a mi mente volvían cargados de un anticipo de tactos, de secreciones, de eretismos.

Pero hoy (aquel Hoy neurálgico y saturnal), sumergido en mi poltrona preferida, iba a dar de lado a las sucias quimeras (y a ciertas sugeridoras estampas guardadas en el último cajón), para abarrotar mis manos de un avance de sus caderas de muchacho, de la tensión de sus nalgas infantiles, de la tenacidad de sus tibias con el vello horripilado a causa del recorrido de las yemas de mis dedos, de la fugacidad de la onda de su cintura, del grado de tiesura de su clítoris preadulto. Con algunas de estas ceñidas precisiones biológicas me familiarizó cierto manual titulado Vida Sexual Sana, no mi fugaz experiencia de una tarde con la insulsa Madame Blois.

Déjame echar un trago, y bebe tú también, lector, y ahora dime: ¿Crees que anoche hubiera podido decidirme a matar a aquella Lía en otro lugar que no fuera mi torturada imaginación?

A esclarecerlo viene este legajo de descargos.

Desde mi silla de ruedas evoco las escenas más

dulces y tristes, a un tiempo, de mi estéril existencia. Del minutario de los hechos selecciono, entre las imágenes que todavía persisten en mi retina, las más representativas. Vean ustedes dos de mis colecciones.

1. Una mañana invernal. Calíope en su actividad deportiva, vista desde la ventana de mi aula, a través del vapor condensado por las llamas de mi boca.

Estudio A. Recepción estática de la pelota. Calíope de perfil, los pies separados (el derecho delante), las piernas levemente flexionadas por las rodillas (muslos relajados, pantorrillas flojas, ambos talones apenas afirmados en el suelo), listas para iniciar la carrera, los brazos desnudos proyectados al frente, los dedos tensos, el tronco ligeramente inclinado hacia adelante (indeliberadamente me derramo en detalles que poco importa al lector), para entrar en posesión de la pelota que ya viene.

Estudio B. Recepción de la pelota, sobre la marcha. Las piernas han iniciado el despegue (gacela mía) sobre las puntas de los pies (frívola, elástica y mecánica), el cuerpo más adelantado que en la figura anterior (cierta contención, cierta agresividad), las caderas bajas (línea de flotación), centro de gravedad en equilibrio vital entre las corvas (las rodillas apenas dobladas) y las pulcras axilas abiertas (los animales carniceros siempre hemos sentido predilección por las presas en mo-

147

vimiento) en una economía del gesto, de donde dimana todo el encanto de esta instantánea. Observad aquí, muchachos, el vientre ahuecado para una perfecta recepción de la pelota que el regazo arropa amorosamente.

Estudio C. Tiro directo a cesta por alto. El perfil del cuerpo erecto, verticalmente elevado del suelo, el brazo extendido y levantadas por el ímpetu su blusa y su faldita, dejándonos ver, respectivamente, la barriguita tostada y las braguitas encendidas de la chiquilla.

Quizás ahora entiendas en qué pésimo momento Madame Blois, acercándose por detrás, me puso esa tarde las manos en el sitio donde me cayó la hojita, el día que me bañé en la sangre del dragón. A mis cuarenta y tantos años, el dinamómetro de mi virilidad intacta demostraba que yo era casi un muchacho.

Aunque no busco ser saludado por mi siglo como un Gran Sibarita, confesaré con petulancia que, después de una larga sesión haciendo el potro, no volví a acercarme a ella. A tiempo comprendí que una mujer capaz de utilizar las manos en tus intimidades con aquella soltura, no sentiría escrúpulos en robarte la cartera; y que ciertas adiposidades no añaden un valor específico al tacto. Me explicaré. Los pingües volúmenes de la Blois no eran algo más sublime que unas montas de carácter supletorio, ajenas totalmente a su vigencia genital: eran un simple almohadillado.

Cuando la apoyé contra el marco de la ventana (como un anciano papú que mágicamente fecunda a su hija, en la noche de bodas, descargándose en una botarga de paja), Calíope recibía el pelotón contra su pecho, lo botaba con algún cariño, lo movía a uno y otro lado... una mano, que venía entonces a arrebatárselo, le rozaba un hombro, Calíope saltaba, y era su pubis contra una rodilla, un nudo de brazos, dos caderas encontradas, lo que realmente me impulsó a perpetrar en aquel vejigón de manteca lo que rabiaba por hacer con mi cervatilla.

Sé que es costumbre de los cronistas presentar héroes capaces de dar a una dama al menos veinte pruebas de su reciedumbre en una tarde. Aunque mi notoriedad en esto no me hará inmortal, confesaré que aquel mi primer triunfo de cuarentón no dejó de ser, por mi parte, una frívola presuntuosidad. Aún lo llevo en el recuerdo, y casi estoy por decir que todavía me sigue enervando a la hora de la siesta.

2. Una tarde sabática de comienzos del verano, en el jardín del colegio. Ahora todos los campos hierven de insectos que succionan. Fiesta de Fin de Curso. Tablado multicolor entre tamarindos. En primera fila, el claustro de profesores. Detrás, los engalanados reproductores de aquel enjambre de doncellas, juntamente con otros personajes visiblemente atados al ambiente por nudos familiares.

A. Reparto de premios. Medalla «de oro» y banda de honor para Calíope en «Espíritu Deportivo», que la preceptora de esta disciplina ciñe transversalmente al incipiente busto. Yo se la ceñí a la de «Espíritu Grecolatino», una criatura cuellilarga y destartalada como un avestruz.

B. Amplia demostración de ballet clásico, a cargo del Cuadro de Danza del Liceo. Título de la obra, «El Cisne y la Molinera». (Fantasía en tres cuadros). Rodeada de un gaseoso ramillete de pequeñas ninfas regordetas, envuelta en tules y ocupando el centro del tablado frondoso, como eje y principio de la trama, mi Calíope afecta un movimiento de peonza sobre las puntas de sus zapatillas de satén. Sus largas, leves y torneadas pantorrillas se tensan dentro de largas, leves y blancas medias. Maneja con alguna pesadez las crestas ilíacas de sus caderas infantiles (ella no lo sabía quizá, pero ese vientre ya estaba fecundado para entonces, según mis cálculos posteriores), y su graciosa mano blande una argentina batuta rematada en una estrella de latón. Cuando avanzó hacia el proscenio para ofrecernos una pirueta sin ningún mérito, me miró sin conocerme (qué chiquilla) y yo, con esa vagorosidad de movimientos, casi submarina, inhallable en los estados de vigilia, me pellizqué el muslo.

La cosa se desarrolló, poco más o menos, como sigue. Se trataba del Hada Tutelar, o Matutina, o Propicia (no estaba yo entonces a la nomenclatura), que libera de su condición de Cisne (no era fácil) a mi larguirucha lumbrera de grecolatinos, devolviéndola a su primigenia realidad de Príncipe Dorado. La avestruz y, a la sazón, Príncipe Heredero, rescata, a su vez, a la Molinera, joven desdichada sometida al violento carácter de su brutal padrastro (otra obesa discípula), de un hechizo maléfico, al descifrar un enigma propuesto por un gnomo (todo pantomímicamente, figúrense ustedes) personificado por alguien que era una especie de bola de sebo danzante, envuelta en ramas. El Príncipe, al final, deberá sostener una denodada lid contra la bola de sebo, a la que finalmente vencerá, no en combate de cabriolas, por la fidelidad que se debe a Terpsícore, sino de la siguiente manera: El Príncipe efectúa tres vueltas rituales alrededor de una estatuilla horrorosa, titulada «La Virtud pisoteando al Vicio», a cuyo conjuro surgen cinco jóvenes larvas, muy ligeras de ropa, que someterán al rollizo gnomo, no sin antes haber reducido al reino estatuario a otros cinco faunillos bien rebozados en hojarasca, a los que el gnomo había liberado previamente de un arbusto vecino, en un batiburrillo de patadas y cachetes. Ah, cuánto gozo y contento se me representó con aquella tropa nínfea. Veía con la imaginación el abril mismo con anchos y largos caminos, montes, aves, estanques y jardines salpicados de nardos olorosos bajo el apacible resplandor de la luna. ¿Quién creyera entonces que la vida estuviese entretejida de trabajos y miserias? ¿Quién imaginara, en aquel etéreo momento, que mi dicha tenía las horas contadas? Y en torno a la estatuilla horrorosa, me pareció ver también a Eloísa mutilando al canónigo Abelardo; a la pequeña Cenci hundiendo el cuchillo en el vientre de su padre; a la monja Alcoforado estrangulando las palomas mensajeras del incomprendido conde de Chamilly. No en vano se me representaron entonces esos turbadores testimonios: alguna semejanza con aquello iba a tener lo mío.

Viendo a Calíope sonreír y responder a los aplausos con un ademán de sumisión, se me despertaron los espectros de otra tarde, no remota entonces, nociva e indeseable, de la que hablaré después de que a los más curiosos les termine de decir cómo, en el tercer acto, el antiguo Cisne contrae nupcias con la prodigiosa Molinera, la cual, a su vez (según se deducía del extracto argumental impreso en el programa), no era más que una princesa encantada por las maléficas artes del molinero que, en resumen, tampoco era su padrastro, ni tan siquiera un molinero corriente, sino alguien, creí entender, de la perversa familia de los gnomos, conjetura avalada por sus cuernitos de trapo encarnados, que les proclamaban parientes, y por su manera de sucumbir, al cabo de la pelea final, a manos de las larvillas. Todo ello sin que la larguirucha se viera en la enojosa precisión de tener que rematar con la espada tanto al gnomo principal como al molinero, presumible arreglo escénico para evitar la ostensión de una muerte violenta, peculiaridad que la Señorita Directora adoptó, según sus nuevas directrices pedagógicas, inspirada en los Clásicos. En cambio (¡ay!, Señorita Safo) permaneció incólume el apretado beso final que en su prístina versión (sin adaptar para sólo señoritas) correspondería a una pareja heterosexual.

Y arribamos por fin al ígneo centro del relato, donde ha de desentrañarse una satánica historia de amor. Ahora me paro a pensar cómo el protagonista de mi borrachera anterior se preguntaba por qué Lía tenía que morir indefectiblemente. Responderé a ello diciendo que, en la sana literatura, cuando el personaje vuelca su contenido pasional en una mujer que le administra un golpe de desdén, suele existir una tercera persona, de condición importuna y fatigosa, que pugna por arrebatar al primer galán la codiciada fruta. Es un tipejo con bien recortado bigote, engolado y vulgar, deleznable a los ojos del público, que, en dramaturgia, se le apoda «el rival».

Al final, resulta que el gallo por derecho castigará al rival, entre el contento del público, para que, de esta manera, con un sólo tajo quede administrada la justicia, restituido el vacilante honor del protagonista, consolidada su peculiar personalidad de héroe, vengada la insolente afrenta e instaurada definitivamente la mortecina estimación de la doncella, valeroso acto que la dama, en resumidas cuentas, premia depositando un ferviente beso en la boca imperturbable del primate. Pero fue cosa singular que en el «caso Lía», noble lector de folletines, no existía «el rival», sino que la misma muchacha entrañaba, en perfecta unicidad, la doble y dispar función, como dejó insinuado mi cliente, y yo concienzudamente analizo a continuación, si se me presta un minuto más para la vista del caso.

Allá, el muchacho habló de *adorar* (si lo prefieres: de adorarse), y he aquí la razón que alegaba (en una breve perífrasis del concepto «crimen») para probar lo que no es del todo cierto: MATARLA era la única manera de *poseerla para siempre.* Debemos ser muy conscientes de que este género de expresiones sólo se aplican a la pasión. Hubo, pues, amor, no empero en el hecho mismo de acabar con la «criatura adorable» (lo que no hubiera sido más que un acto ínfimo de vulgar venganza), sino en el de hacer desaparecer en ella al rival.

El masculino desdén de la muchacha se evidenciaba en su heroica «femineidad» envuelta en la atractiva celofana de su aparente inocencia y en la hermética simpleza de su medio conductor, hablando en términos de electrónica, duplicidad cuyo típico flujo de corrientes inducidas (agoto el símil) expuso mi pluma en su juvenil borrachera de anoche. Lo que es evidente testimonio (procediendo a un primer enunciado del presupuesto) para sospechar que Lía era de personalidad ambigua. Y en ella, el Narciso de ayer mató «al rival».

Tras haber sido otro (más joven, más rico y más feliz) me visteis anoche, lectores, caído más bajo de donde estoy. Por eso en mi descargo de aquello fatigo ahora mi puño en estas páginas, mientras en la bruma de mi mortecino cerebro, sagaz e infausta se desdibuja mi Calíope. Cuántas miradas furtivas llegaron hasta ti desde mi estrado, te rodearon, silbaron en tu derredor, abrazaron tus frágiles muslos de ave, tu piquito blando, tus débiles remos implumes, cuando te recostabas sobre un lado del pupitre, con la cabeza ladeada a lo Botticelli. De pronto, te dabas a chupar con delectación mamífera (labio maduro, inflamado y fresco) el mango de un lapicero, extrayendo de su caña almibarados jugos, y suspirabas ruidosamente, en público desacuerdo emocional (muy poco romántica) con los desgarradores lamentos de Orfeo, al que se le había concedido sacar del infierno a su novia bajo la condición de no volver el rostro para mirarla en aquel trance. Y ya los amantes se elevaban a las regiones del día, cuando el vehemente joven no pudo resistir más tiempo sin echarle un vistazo, y al querer tocarla, ay, su mano palpó sombras. Pero tú, Calíope, nunca supiste cuánto te deseó tu profesor durante aquel curso, en la soledad de su cubil, en la mustia declinación de las tardes invernales, él tiritando bajo su manta eléc-

155

trica, y tú, calzados los patines, deslizándote alegre por el hielo. Ahora te desea aún más que en aquellos momentos escolares (cuando mirabas al techo, transportando tus escenas preferidas, una y otra vez, al cielo del aula rosada), y quizás hoy estuvieras aquí conmigo si no te hubiera matado el semental cuya indentidad ocultabas en tu delirante agonía (algún mocetón bronceado, algún bravo entrenador de baloncesto, algún oscuro pedagogo con una gran mata de pelo entre las cejas), mientras el afilado dedo de algunas de tus compañeras no vacilaba en cargarle el muerto en la joroba al triste profesor Narciso.

Por razones obvias, terminada la función (torno a la Fiesta de Fin de Curso), huí del grupo integrado por la Señorita Directora (sentada), el joven profesor de Ciencias Naturales (colgado de la rama de un árbol, junto a ella), la familia Calíope (la chiquilla con los autores de sus días y de los de unos mellizos muy pequeños, de sexo todavía incierto), y otra tribu de macacos con sus crías. Me mantuve tras la fronda de los evónimos, con la taza de té en una mano y un prisma de pastel en la otra, observando sus costumbres, como buen naturalista que soy, suficientemente alejado, por una parte, del grupo zoológico, como para no ser atacado, y suficientemente próximo a él como para no perderme los meneos de mi adorada, «para mí los últimos, quizá», me dije. Comprended que estábamos en la Despedida de Curso, y que aquélla podía ser la postrera oportunidad que se me otorgaba de verla. Pero aguardad un poco más, ofendidas lectoras, antes de que con vuestras garras de ágata arranquéis la losa de mi sepulcro enmohecido, desenterréis mi cráneo y lo echéis al patio del Colegio, para que las niñas jueguen con él a la pelota.

La verdad es que, durante casi todo aquel largo rato, mi chiquilla estuvo semioculta tras un ingente cogote. Su dueño, un boxeador, apenas logró hacerlo girar un par de veces sobre el grueso cilindro de su cuello. Intermitencias que me sirvieron para succionar con los ojos los néctares de mi muñeca, y para comprobar, con harta sorpresa, que aquel pedazo esférico de carne era el hacedor y propietario de la delicada esculturilla sedente de título «Calíope sonríe antes del baño» o «Las mañas de las Arpías» (qué momentos de desorientación para mí), desveladas aún sus partes íntimas por el corto vestidito (oh, siempre al aire sus brillantes muslos de latón), y con la estrella de hada aún entre las manos.

El abultado vientre que sirvió de molde a la sublime creación caliopesca y que, a la sazón, parecía tener programados otros nuevos y ambiciosos logros uterinos (¿más Calíopes?, ¿más mellizos?), pertenecía a una pálida dama de encarnada pamela que dejaba caer de lado su amplia ala de fieltro, como las buenas ponedoras. Cacareó todo el tiempo, con las manos ahuecadas en actitud de sostener un gran huevo imaginario (el alma de su propio vientre), parándose primero sobre una pierna y luego sobre la otra, observándolo todo primero con un ojo y luego con el otro.

El boxeador se levantó, y sirviéndose de sus propios pies no cual de cómodos apéndices de locomoción, sino como de inverosímiles ingenios palmeados, se desplazó hasta un jarrón de limonada. Vi a la niña por un instante más, e inmediatamente me la arrebató de nuevo el hidrópico (ay, todavía hoy se resiente de aquello mi nervio óptico), me la arrebató para siempre.

Abandonada la laguna, vuela la garza en pos de una nube perdida, rápida se desliza la noche hasta el inmundo invernáculo de los mortales, por el suelo giran las pavesas de una carta en llamas y, al amanecer, nudosa mano acaricia el mentón azul del profesor jubilado que, a través de sus lágrimas, ve flotar todavía, en el cenagoso estanque, una tibia pluma.

Anoche quise dar un gran salto en un ámbito ficticio de existencia. Emergí a una suerte de frondoso edén, mejor dicho, de torre marfileña con muros a prueba de aflicciones. No deis por loco a quien, en los mismos umbrales de la muerte, clama por una dicha negada. Yo había observado a las gentes cuando miraban a los muertos. Todos lo hacían de la misma forma (no hay muchos modos de mirar a los muertos), pero ninguno como los ancianos. Tienen una manera especial de estar delante de ellos. Si algún día la longevidad os pone al borde de uno de estos hospitalarios vertederos, sabréis que aquí miramos a los muertos ¿cómo diría yo?, como si la cosa no fuera con nosotros.

A mi vieja enfermera le puse el nombre de Lía, la única divinidad que nadie arrastró al tálamo. ¿Comprendes ahora, lector, el interés onomástico que se despertó en mi inverosímil y poco convincente narración de ayer?

«Buenos días, Lía» le dije el primer día de mi hospitalización.

«Por Dios, profesor. No me llamo así».

«Pues yo pienso llamarla así, señorita».

«¿Cómo adivinó que soy señorita?»

«Ah», respondí levantando la corneja que siempre llevo subida en el hombro.

Lía es una de esas metódicas enfermeras que te despiertan a medianoche para que te tomes el somnífero de prescripción. Si yo fuera un rey que, antes de morir, hubiese de dar a su blasón una divisa inspirada en sus servicios, ésta sería (como el epitafio de la tumba del abnegado Childerico): *Ingrata labor apium*[1].

Esa misma patológica meticulosidad la tiene siempre agachada ¡mi sierva y señora! en el endiablado empeño de conservar el suelo limpio de esa minúscula semilla de manzana, que un bocado

---

1. Ingrato esfuerzo el de las abejas.

emancipó del corazón, de ese leve pedacito de papel escapado de los forros del más viejo libro, de esa miguita de pan... Atisbarle un día las bragas desde mi camastro, fue para mí un inapreciable descubrimiento. Incluso llegué a pensar que lo hacía a propósito, para enseñarme su inagotable colección: unas iban caladas, otras en tisú, otras con un galano festoncito de bolillos, otras encintadas con algún encaje, otras reforzadas en los fondillos con entrañable felpa, como para mantener el calor y la humedad tropicales de lo que un poeta de la Pléyade podría llamar *la orquídea*.

Pues nos hemos propuesto que la verdad resplandezca, no silenciaré el hecho de que nunca faltaron pepitas, papelitos y miguitas por el suelo, porque yo las esparcía como el sembrador de cizaña, con la punzante conciencia de que, en mi espina dorsal, se levantaba una cresta de pelo hirsuto.

Pero volvamos a nuestro rebaño, que mi bola todavía no ha llegado al boliche. No había transcurrido una semana desde que Calíope se dejó caer por mi nido para recibir las aclaraciones sobre Catulo (enseguida vendremos a esto con mayor detenimiento), cuando fui convocado a comparecer ante el tribunal de la Señorita Directora. En cuanto a mi disposición de ánimo, diré que siempre fui apocado, y de natural tímido, como mi padre, quizá también como mi madre, no lo sé, porque mi padre nunca la mencionó. Sé lo que estás pensando, lector suspicaz. Pero aunque fuese cierto, no te está bien dudar de su paternidad y decir de mi padre lo que nadie puede comprobar del suyo.

Oigo que me dices: «¿A qué propósito tan larga arenga?» No te extrañes, lector. Pues para el gran salto que voy a dar, me es preciso empezar de muy atrás la carrera para tomar impulso.

El caso era que algunos detalles llegaron hasta mis oídos, aunque por hilos torcidos, acerca de la repugnancia de mi madre porque yo llegara a este mundo, cosa que ella proclamaba a veces por todo el vecindario, según se dijo, doble vileza que, si es cierta, ya goza de verdadero perdón en mi ánimo. Unos decían que, al poco tiempo de nacer yo, murió ella, otros que un sábado salió a comprar tabaco, dejando la criatura en brazos de mi padre (hombre muy tacaño, que la puso a trabajar para que «se pagara sus vicios», como él decía), y no volvió, abandonando para siempre al avaro por doble causa: la primera por lo dicho, y la segunda porque en la esquina la esperaba el estanquero, que no saben las mujeres despedir un hombre hasta no estar agarradas al siguiente, como la hiedra, que jamás se sustenta sin tener parte de dónde asirse.

Hallándose mi padre mozo todavía y con un crío a sus vacíos pechos, para quitarme de encima, metió en casa a la dependienta de la chacinería, que me acomodó en un jergoncillo apartado donde me harté de llorar, pues, aunque infante, bien se me traslucía la novedad que se obraba conmigo. De manera que, como quien dice, se acostaron dos y amanecieron tres. Ella, según quedó impresa en mi cerebro, era una mujer de muy corto cuello, que es señal de poca imaginación. Siempre la vi borrosa, envuelta en una especie de quimono pintado de cacatúas, y un hermanillo mío colgado, por la boca, de su puntiaguda mama, y el culito apoyado, a su vez, en la panza que ya turgía de nuevo en la gestación del siguiente. Y arrojándolos al mundo por pares y por nones, en pocos años llenó de críos las camas, las mesas y los armarios. Entonces comencé a temer las nuevas sorpresas que la mondonguera podía depararme para el futuro y huí de casa. Acogiéndome a sagrado, como un malhechor, llamé a la puerta de un beaterio.

Para cuando quise volver del austero claustro monástico al pomposo atrio del mundo y conocer así a mi fraternal tropa de hermanastros, pájara y polluelos habían volado del nido, por razones que todavía desconozco, y el gallo agonizaba cubierto de picaduras.

Y ahora que me he mostrado tal como era antes de coronarme con el laurel secular del magisterio, apresurémonos a sumergirnos en la página de los singulares acontecimientos que debían proporcionarme el impulso hacia el incomparable destino para el que, desde un principio, me creí besado en la frente por la venturosa Casualidad, si tan inge-

162

nuamente nos cabe denominar aquel género de rigurosas concatenaciones casuales que, ya en el siglo pasado, los científicos llamaron Determinismo. De lo contrario, decidme qué otro epíteto admitía el azar inverosímil de que, precisamente la criatura que más se sustrajo a mi autoridad durante mi historial docente, fuese la única que, en todo aquel tiempo, me besara por mi cumpleaños.

¿Dos palabras sobre aquel momento?

Todo lenguaje es una despiadada red de términos equívocos, cuyo significado presupone una comunidad de sentimientos y preferencias. Por eso dudo hallar una feliz imagen para traducir aquel contacto columbino cuyo estallido de sensaciones rebasó la capacidad aprehensiva de mis sentidos. Ni siquiera sabría decir si fue mi pómulo, abierto en pétalos, el que recibió a la abeja, o el que voló hacia la flor de sus labios.

Apenas dos semanas más y Calíope pondría el pie en mi dormitorio. ¿Pero dónde estábamos?

En el espejo del lavabo he visto con nitidez mi rostro de muchacho. Solamente el pésimo surco de mi frente revelaba el gran arañazo del tiempo. He conducido mi silla de ruedas hasta el grifo, para refrescarme un poco, pues volví a perder el hilo del relato, y debo terminar enseguida, pues amanece, y pronto oiré arrastrar los pies a mi amorosa enfermera, a mi Lía idolatrada, que vendrá a amortajarme en mi batín de color sangre de toro, y a reprenderme meneando su dedito índice como

163

una amenazante porra en miniatura. Y no quiero que vea inclinado sobre estas sucias cuartillas a este paralítico acabado, cheposo y lleno de pulgas.

El estudioso arderá por saber en qué términos se dirigió la Señorita Directora del Liceo al profesor Narciso. Fue un viernes de abril. Diré, para establecer en firme la cronología, que el martes había sucedido lo mío con Calíope o, dicho más exactamente, lo de Calíope conmigo.

¿Por qué juego de fuerzas el profesor Narciso experimentaba aquel irrefrenable sentimiento mezcla de terror y vergüenza cuando dirigía sus pasos, trémulo el labio superior, al despacho de la Señorita Directora? ¿Qué represalia ejemplar cocería ya el seco pecho de la mal nacida que sirviera de público escarmiento a todos los degenerados que leyeran el mío en las gacetillas dominicales? ¿Lograría el tiempo borrar la huella de los corrosivos que la bruja me arrojaría al rostro? ¿Y por cuál de las correas de transmisión (¿desembuchó la niña?, ¿lo intuyó la Blois?) había llegado la «cuestión» al triturador de la Señorita Directora?

Me repugna atraer la atención del lector sobre temas turbios. Pero si la verdad ha de resplandecer, no debo silenciar el hecho de que, aguijoneado por una duda que ya poco importaba, lo primero que hice fue desenterrar de un zarpazo el caso Blois.

No era un rayo de sagacidad lo que a la boba Blois le refulgía en la mirada. No había cuidado. Pero en una circunstancia como la mía (pederastia con agravante de ascendencia), se entenderá mi costumbre de andar con mil ojos, de caminar de puntillas, de contener la respiración, como un faquir en un serpentario. Llevaba viva en la nuca la obsesión de que una palabra equivocada, un imperceptible arrobamiento de las pupilas hubiera bastado para que, a la más sorda de las criaturas, todos mis poros le hubieran voceado mi delito.

Quizá me atreviera a insinuar aquí que una mujer entregada puede ser una parodia de mujer, pero nunca una mujer repulsiva. Si en veinticuatro horas bajé la temperatura de Mis Excitantes Relaciones con Madame Blois, sólo fue para evitar la remota posibilidad de que una de mis chispas incontroladas iluminase su mente incolora. Tarde confieso que debiera haber tomado el consejo de Teócrito cuando dice: Ordeña la vaca que tienes delante. ¿Para qué correr tras la que huye?

Caminé hacia el despacho de la Señorita Directora pisando el terreno de las conjeturas. ¿Una Blois desfallecida de placer pudo advertir que la vista del hombre que se lo proporcionaba se tendía más allá de los vidrios del ventanal? ¿Acaso fue aquél uno de esos leves errores que en el Palacio de Justicia reclaman el atributo de profundos?

Cuando un acusado manotea en las ciénagas de la memoria, cualquier vana conjetura puede parecerle un sólido asidero. Por eso no hallé superfluo reconstruir, aunque no fuera más que en trazos burdos, el resto de mis contactos con la colmilluda

Blois: Día siguiente, misma hora, misma voz de pichona, misma radiante satisfacción entre las caderas, Madame vuelve a mi aula desierta y se acerca hasta mis narices agitando dos localidades para el teatro.

No entraba en mis propósitos hablar después de ella, pero no resulta fácil elegir arma sin antes haber medido la disposición de ánimo de quien te recogerá el guante. Me besó en la oreja antes de cantarme:

—Sófocles.

Aún podía escucharse en el eco de su vientre cierta mezcla de jadeo que sobrevive al coito y de cacareo sin poner el huevo. Aguardó la respuesta con el atento aplomo del alquimista convencido de haber dado con el ingrediente exacto para una limpia transmutación.

—Sófocles, *cherí*, Só-fo-cles... —insistió, creyendo en los mágicos efectos de la fórmula repetida.

Ah, Sófocles. Una deferencia con las predilecciones del profesor de Clásicos. ¿Sófocles? ¡Quizá quería hacerme comprobar mi propia «normalidad», en contraste con la de Edipo!

Comencé mi sarta de negativas por el teatro. Y casi se tambalearon mis propósitos cuando aquella primera ráfaga de descortesía perforó el tanque de sus lágrimas. Aunque comenzó gimiendo más fuerte de lo debido, lo hizo con convicción, entremezclando, con un amargo hipo que le subía del perineo, algunas gruesas palabras de su suelo natal que hubieran asustado a Rabelais.

Arreció sobre mí el chaparrón (del que los goterones primeros no habían sido sino un pálido aviso) cuando desestimé los paños calientes para decirle sin ambages que habíamos terminado. Y ya inclinados por el arma de chispa, abrió contra mí un fuego tormentario, escupido entre los dientes con expresiones que no traduciré (pues temo que hayamos abusado de los términos vulgares) pero que, puedes creerme, más allá de los cuales el idioma francés quedaba agotado.

Y varios días la orgullosa Blois, con los cabellos erizados, anduvo pateando este mismo pasillo por el que hoy el Profesor Narciso es conducido entre encapuchados hasta una cámara de horrores oculta tras unas letras doradas que rezan en cursiva: *Dirección y Administración del Colegio. Pase sin llamar.* La gruta ofrecía varios pasadizos y otras excrecencias. *Señorita Directora. Horas de visita. De 9 a 11 y de 15 a 17.*

La gruesa puerta no lo era lo bastante para aislar el corredor de sus alaridos de pitonisa que auguraba catástrofes sobre algunas frágiles espaldas, invocando una disposición del Reglamento de Régimen Interior «de nuestra integérrima Institución», que le otorgaba facultades para adoptar medidas de urgencia en una circunstancia extraordinaria.

Hay almas melódicas como arroyos, como bosquecillos por donde los arroyos discurren. Pues bien. La suya no era de esa índole.

Antes de dar el paso definitivo hacia la trampilla del cadalso, me paré a aflojarme el nudo de la corbata que me asfixiaba.

«¿Molesto?»

«Ah, ¿es usted? Pase, por favor, termino enseguida con el teléfono, lleva un poco caído el nudo de la corbata, profesor, y sírvase tomar asiento».

Envuelta en blanca cutícula, tocada con eléctrica peluca, orientaba hacia el techo sus cuencas vacías desde el otro lado de una descomunal mesa pintada de negro, emitiendo órdenes hacia el más allá con un timbre varonil (cosa singular su voz) que calentaba los cables: «Suministre inmediatamente a esa niña el correctivo congruente, y si vuelve a reincidir en su deficiente comportamiento (ay, primavera, primavera, que mal trago para una virgen), tome las medidas oportunas para que le sean aplicadas las penas máximas que nuestra integérrima Institución previene para este tipo de casos».

«Sí, Señorita Directora», dijeron los hilos.

La momia colgó el auricular, se recostó sobre los satenes de su féretro, esponjó sus vértebras cervicales y apoyó sobre su vientre vacuo los espolones de ave. Tenía unas falanges nerviosas, cuyo excitado rastreo de sensaciones por la propia piel denotaba haber cometido lo que llamamos faltas. Aparté mi sien de su punto de mira y aguanté su frío aliento.

«Voy a serle franca» (sobre la cabeza de la Señorita Directora se ciernen tres fotografías en color, la primera muestra una niña rubia, de perfil, vestida con faldita muy corta, efectuando, con las piernas muy abiertas) «porque desearía terminar cuanto antes con una muy» (una difícil pirueta en el aire, sobre una pista de hielo) «enojosa situación que en torno a usted parece haberse creado». (La Señorita Directora se aclara la garganta y juega con los gargajos en la boca). «Pero antes» (la segunda fotografía ostenta la misma niña en parecida posición, que, raqueta en alto y tenso el muslo, responde) «debo pensar que nuestras niñas, en esta su fase de educación sexual» (a un contrincante imaginario, con una terrible volea) «sufren semejantes e imaginarias provocaciones» (mientras que, en la tercera fotografía, aparece la niña con un arco tensado, en actitud) «no siendo ésta la primera vez que recibo infundadas sospechas, en esta delicada materia, de nuestros más íntegros profesores, como nos consta de usted» (de lanzar la flecha a una diana grande, no muy distante) «querido colega y colaborador de este Centro Pedagógico».

El querido colega y colaborador devuelve la mirada a su insepulta interlocutora, que ha logrado arrancarle de súbito la más servil sonrisa de aceptación y confundido agradecimiento, por las inmerecidas alabanzas que le dispensa el Centro Peda-

gógico, lo que a su vez provoca que, en reciproci-
dad, el esqueleto le muestre su impecable dentadu-
ra postiza.

«Perdón» (sin abandonar mi sonrisa de confu-
sión), «no capté el asunto en toda su complejidad».

«Permítame dirigirme a usted, señor N., con la
misma crudeza (enfatizó) que el delicado asunto
requiere (pausa), pero antes desearía... ¿desea usted beber algo, profesor?, ¿una horchata?

(Servidumbre de abrevadero). «Oh, no, gracias».

«Desearía, decía, hacerle una delicada pregunta».

(¿Se tratará de un tanteo previo?) «Usted dirá,
Señorita Directora».

«¿Conoce usted el librito *Higiene Sexual para
Colegios de Señoritas*?»

«Oh, nunca me llevó tan lejos la curiosidad»
(mentí).

«Uno de los capítulos de ese útil manual, versa
sobre diversos efectos que la, ¿cómo diríamos?»
(las puntas de sus dedos buscan la palabra en el
aire).

«La actitud» (apunté con irresolución).

«Bien, llamémoslo así. La actitud, como usted
dice. La actitud de la persona del profesor maduro,
y conste que no hablo por intuito, máxime si es
soltero (sube la temperatura de sus expresiones),
puede producir, en el universo afectivo de sus
alumnas, cuya temprana edad se caracteriza, como

usted sabe, por cierta inestabilidad afectiva, lo que origina la conocida perturbación de vivencias, dada la excitabilidad emocional en que la niña se mueve en esa difícil fase subsiguiente a la pubertad, con el despertar de algunos sentimientos, por una parte, y la necesidad de protección, por otra, según se explica detenidamente en el manual. ¿Vislumbra usted a qué puede venir todo esto?

(Lo he venido vislumbrando desde que oí su graznido, y pido se acepte mi dimisión). «No caigo todavía, perdone, qué puede ser ello, Señorita Directora». (Acorralado, cobarde).

«Voy a serle más explícita, señor mío. Pienso hablarle con la más cruda franqueza».

(Y yo pienso estrangularla en cuanto termine de escuchar lo que está a punto de decirme). «Hábleme sin rodeos, se lo ruego».

«Pues bien. He oído decir, claro que sería preciso que se comprobara más detenidamente, que usted acostumbra a tratar a sus discípulas con una particular frialdad».

(Respira ya, sátiro) «Ah, ¿sí? ¿Eso era?»

«Le veo visiblemente afectado por esta especie de acusación sin importancia. Respeto sus ideas personales, su estricta moral. Pero muéstrese cariñoso con las niñas. De lo contrario podría usted perturbarles su equilibrio sentimental, su seguridad en el padre».

(Bruja miope). «Pierda cuidado de ello».

«No esperaba de usted una reacción menos

171

calurosa. Piense que lo importante son esas criaturillas, que tanto adoramos».

Este colofón cariñoso, él sólo merecía un examen profundo, a la luz de «Higiene Sexual para Colegios de Señoritas», que excedería las dimensiones de este breve informe. Pero sobre él prometo volver más adelante, después de que te cuente un descalabro que a Hércules le hubiera redimido de su culpa.

Ay, labradores, qué felices sois, pues sólo agrestes divinidades conocisteis, al añoso Silvano, a Pan el flautista y a la bonita tribu de ninfas, lejos del fragor de las armas. Pero echemos por el atajo. Era un martes (vuelvo a mi insensatez como el perro vuelve a su vómito) cuando el domador puso el látigo sobre la mesa (qué contenida desesperación en las uñas de las fieras, qué llamarada de odio en cada latido de sus corazones salvajes) y con gesto imperioso levantó el aro encendido para que por él pasaran sus leonas.

«Señoritas», dije. «En breve tendremos un ejercicio escrito puntuable para la nota final. El trabajo versará sobre el Epitalamio de Catulo».

Y a tu privada demanda, Calíope mía (el resto de las fieras habían ya abandonado azogadas la jaula), «profesor, ¿a qué dijo que venía todo esto de *O Hymenaee Hymen, Hymen o Hymenaee* que se repite aquí tantas veces?», yo respondí: «Ahora, señorita, no tengo tiempo (aquí un respingo de Calíope) para explicárselo a usted».

172

«¿Entonces cuándo?»

Entre paréntesis, tuve que reprimir un palmoteo de cuadrumano. Mi copa de júbilo, ya llena, rebosó. Me felicité. Calíope aguardó la respuesta restregándose la mejilla contra el hombro, trayendo a la cara uno de sus rizos para ponérselo de bigote, rascándose la rodilla de la pierna derecha con el talón del pie izquierdo. Entretanto, deduje que Calíope era lo que llaman los orientales una «mujer loto»: Senos medianos, cuello translúcido, movimientos vivaces, tegumentos olientes a melaza... Y mi fiel cerebro, a un silbido de su dueño, se precipitó en una vertiginosa persecución del dato exacto, a través de los esquemas del archipoeta Kalyana Malla, algo que no viene en «Higiene Sexual»:

Mujer loto. Forma de someterla: con flores y obsequios pequeños, como conchas cauríes y caramelos de betel. Días de máximo placer: los de luna nueva. Horas: las del atardecer (conviene anotar aquí que la mujer loto no saca ningún partido de la unión nocturna). Asiento de la pasión: Primera quincena del mes, lado izquierdo; segunda, lado derecho. Manejo de la mujer loto. Días pares: cuello, pasad suavemente la mano derecha; orejas: besad, morded y masticad dulcemente; costado: herid levemente con las uñas; ombligo: cachetead con el dorso de los dedos; vientre: oprimid apoyando el brazo, el codo...

En responder tardé menos de lo que supones.

173

«El martes próximo (diecisiete de abril, luna nueva) pregunte por mí a las seis de la tarde en la Biblioteca Municipal».

Ah, los cerezos silvestres, más allá de las ventanas, me hacían señas de amistad agitando sus ramas floridas, mientras tú dejabas caer el labio inferior y respondías un «de acuerdo, señor profesor», con una sonrisa infernal y un darte media vuelta y un abandonar la estancia cimbreando las caderas con la aguda conciencia de llevarme cabalgando en tus ancas.

No hay amante que no sea muy loco y confiado. ¿Nadie nos había oído? Nadie, lector.

Faltaba casi una semana para el encuentro (¿por qué habré utilizado este término pugilístico, teniendo sustantivos más propios, como «cita», «momento», «entrevista»?) Mi tiempo lo empleé como un astronauta para el que ha sonado la cuenta atrás. El jueves lo invertí en renovar mi ropa interior. El viernes en rastrear, por anticuarios y confiterías, las famosas conchas cauríes («¿Qué dice, señor?») y los caramelos de betel («Discúlpeme, pero jamás oí semejante nombre»). El sábado me encaré a las lámparas ultravioletas (bronceado natural en diez sesiones). El domingo desescombré mi mente aturdida, repasando los oportunos consejos de Ovidio (Arte de amar): cuidado con el aliento, cuidado con las uñas, cuidado con las cerdas que asoman por las ventanas de la nariz. El lunes me empasté dos muelas podridas, puse mis manos en las de una señorita manicura, diligente como una ardilla, y no me acosté sin derretir la grasa superflua en unos baños turcos, donde mis exhaustos músculos quedaron al arbitrio de un concienzudo masajista de color, que algo parecía tener contra el hombre blanco. El martes pené en las aulas, dentro de mi camisa de fuerza, recordé a Calíope nuestro rendibú de aquella tarde y abandoné el liceo silbando, dando patadas a las piedritas, como un colegial, y a los papeles arrebujados que un vientecillo juguetón me disputaba en los pies. La primavera había pintado mi calle de rosa cobre, de verde alga, añil marino, ocre almíbar, malva malvasía y rojo de petirrojo. Quien tarareaba fregando un entresuelo podía ser una sirena, y al guardia de la esquina le habían crecido caramelos en el bigote.

El tictac de mi corazón adelantaba las horas. Subí de tres en tres las escaleras, que eran una amena pendiente guateada, para precipitarme en el teléfono y toser achacosamente en la oreja del bibliotecario y rogarle que, si alguna persona demandaba hoy algo de mí, le comunicara mi pasajera indisposición, que no me impediría recibirla en mi domicilio. Ved mi suave manera de tirar del cebo, de traer la sardina hasta el ascua.

Recapitularé todo el intrincado proceso de motivaciones en dos líneas. Si vosotros, lectores hubierais sido alguna vez colegialas, sabríais qué desvalida se siente una chiquilla ante un ejercicio

175

latino. Vedme exigiendo brutalmente verbos y declinaciones, para hacerlas depender de mi verborrea de hipnotizador. Vedme urgiendo nimiedades de métrica y versificación. Y ved a mi pichona angustiada buscando con inocuos aleteos un alimento que sólo mi curvo pico podía proporcionarle. Por lo demás, en todo lo que ya conoces jamás hubo un cabo suelto. Es el momento de decir que el hecho de que Calíope se hubiese interesado por una estrofa de Catulo en vísperas de luna nueva era una «coincidencia» no demasiado sencilla como para echarla a la parte de las venturosas casualidades que a uno le abren sin gloria las puertas de la Predestinación. Nada, pues, debe prohibirte suponer que no fue poca mi habilidad para hacer converger en un solo punto del tiempo y del espacio (todo un largo curso proyectando mi mira telescópica hacia el centro de su corazoncillo distraído) todas aquellas infantiles indigencias. Es el mismo instinto previsor que a la larva del ciervo volante le lleva a construirse un nido tan grande como sus futuros cuernos.

Quizá ya has adivinado, lector, que aquella misma tarde Calíope se precipitaba por mi tobogán.

Tampoco quisiera pasar por alto el detalle que tuve de arrancar previamente de las paredes de mi habitáculo (mi radiotelémetro, una hora antes, recibía ya señales de la proximidad de la presa) varias fotografías de niñas: una en pantaloncitos

176

cortos que apenas lograban contener las partes sólidas de su cuerpo en formación, otra vestida de flores, otra besando a su abuelo. Trivialidades de alcoba de solterón. Si no entro aquí a pormenorizar mi colección preferida (recortes de un semanario que, desde hace años, viene repudiando «ese tipo de representaciones coreográficas más propias de una fiesta de bacantes en el anfiteatro de Lesbos que de una entrega de premios en el paraninfo de un Liceo Femenino») de doncellitas con alas de celofán, de pollitas tocadas de verdor, de talluditas envueltas en velos descoloridos, es para no fatigaros la mente con detalles marginales.

También tuve la precaución de reducir a un cuarto trastero a mi adorado ratón blanco, en gracia a mi huéspeda de excepción, para que ningún objeto de la sucia morada del Cíclope inquietase a Galatea. Y me perfumé las axilas y la boca, y apagué la bullente lava de mi estómago clorhídrico con tres tabletas de yeso.

Ahora ya podía tumbarme tranquilo a esperar, no sin que una de mis patas mantuviese contacto con el hilo que me unía a mi espesa red.

Para esa ancianita medio ciega que, mientras su sobrina le lee estos capítulos, ha tenido que levantarse por atender a los buñuelos que se le quemaban en la sartén, o para ese productor cinematográfico de mucha gafa y fular firmado, que le gustan bien claros los argumentos de aquellos guiones de «asunto turbio» que se le ofrecen como

177

una oportunidad de hacerse rico de un golpe, para ellos diré que tres días después de los sucesos de la tarde que nos ocupa, me llamaría la Señorita Directora (hazte cargo ahora de mi sobresalto) para decirme lo que ya conoces sobre la Higiene Sexual, y dos meses después, allá por junio, tendría lugar el beso final del Cisne y la Molinera, que coronaría el curso.

Aunque mi alma tiemble al recuerdo y retroceda con dolor, una vez fijada en sipnosis la cronología, no ahorraré lujos, lector insaciable, para narrarte mi desliz. ¿O acaso no va a atreverse mi mano derecha a escribir lo que ella misma ha osado hacer?

No es incumbencia de esta historia referir la primera parte de aquella escena en que Calíope me habló de su colección de tarjetas postales (tenemos las mismas devociones), introducción marginal e insulsa que yo, en un principio, achaqué al nerviosismo de la chiquilla, y que atajé, improvisando una introducción sobre el tipo de estrofa utilizada por Catulo para el *Epithalamium* que al bate le mereció la corona poética. Para lo que, a través de las galerías de mi cloaca, la traje a mi alcoba, con el pretexto de consultar el término «gliconio» en un Diccionario de la Antigüedad Clásica que yo mismo industriosamente había depositado allí. Vedla a ella hundir el pie en los pantanos cenagosos, y vedme a mí, familiarizado con mis lianas, elegir los ámbitos que parecían brindarme un terreno más propicio para la prosecución de mis designios.

«De modo que usted, señorita» (yo con el grueso tomo entre las manos y ella sentada en el borde de mi yacija, con los muslos fuera de su vestidito blanco y las piernas abiertas, indolentemente mecidas en el aire, «pues es raro que en la mujer confluyan hermosura y decencia», como dijo Juvenal), «de modo que usted, en resumidas cuentas (cuánta brillantez en el tono del erudito Narciso), desea entrar en conocimiento del tipo de estrofas del Epitalamio».

Me senté a su lado (su lado izquierdo, amigo Kalyana Malla), y derribé con mis torpes tibias de flamenco una mesita de té al levantarme para obsequiarle con unas golosinas convencionales (a falta de los verdaderos caramelos de betel) que rodaron por los rincones y que perseguí a cuatro patas, conteniendo detrás de mi apretada sonrisa un par de montaraces expresiones que, de haber sido masculladas, quizás hubiesen mitigado el insufrible dolor de mis canillas laceradas.

Volví junto a sus muslos cojeando, y tuvo que sentir la temperatura de mi aliento cuando me incliné para darme friegas.

Que probó los dulces, no me atrevería a asegurarlo, pues, como los místicos que, en un suspiro, pueden estar siglos fuera de este mundo, yo me hallaba en otro sitio. Tampoco citaré las expansiones de mi mente enferma en torno a su rodilla (que olía a huerto y a cama, y que llegué a rozar con mis labios membranosos) pues resultaría muy fácil atribuirlas a la sugestión. Prefiero mantenerme en el terreno sólido de los hechos comprobados.

Me volví a poner en pie (¿dónde demonios había ido a parar el libro?), a gatear de nuevo (lo hallé debajo del catre) y a sentarme otra vez junto a ella (ah, mis ojos bizcos, esbirros y centinelas que se cruzan para otear, alternativamente, toda la redondez del horizonte), manejando el tomo sin dar importancia a aquella portada que ostentaba un grabado de Apolo desnudo. Se lo entregué con el cuidado con que se coloca la espoleta en la bomba. Ella lo recibió desprendiéndose de su primaveral guante de ganchillo, que todavía hoy está sobre mi mesa.

Sólo porque sé que el lector joven y el sociólogo serio no han abandonado aún esta lectura (¡a ellos no les parece trasnochada y poco rigurosa!) dejaré apuntado que, en aquel entonces, ningunas manos de mujer eran aceptables si no eran capaces de soportar los guantes de entretiempo. Tampoco creo que será meterme en demasiadas profundidades justificar aquí la extrañeza del juvenil Narciso, mi veleidoso suplantador de la noche pasada, al hallar junto a sus desleídos garabatos este guante rancio pero muy concreto (harto anacrónico para las manos de una muchacha de hoy), que anoche se deslizó mágicamente de mi verdadero pasado a su hipotético presente.

Se me olvidó decir antes que, cinco meses después, Calíope preñada, compró en una mañana otoñal una lavativa, y se practicó, al atardecer, una irrigación cáustica en la placenta. Ay, ahora veo que debo decirlo todo: cómo su madre, la clueca de la fiesta que conocéis, atisbando el bulto, buscó al garañón. Y ahora, esto último me lleva a desvelar detalles que no quería que apareciesen sino insinuados. Sin pararme a hozar aquí apuntaré muy brevemente que esta señora era hija de mi madrastra. Pero dejemos ahora esto. El caso es que su marido, el boxeador, se mostró defensor de la chiquilla en este desagradable asunto genital. (No encuentro palabras más apropiadas). Otras lenguas versadas en crímenes pésimos, hablaron también de la intervención del paquidermo en el preñado de su hija. La verdad es que, a los pocos días de la muerte de Calíope, los conyuges pedían de común acuerdo el divorcio. Todo esto venía a lo del aborto provocado por la desdichada, que tuvo lugar en el cuarto de aseo, una noche que sus padres salieron a la ópera y que los mellizos dormían. En resumidas cuentas, el aborto provocó un desprendimiento de tromboplastina que, al pasar al torrente sanguíneo, como sabéis, diluye el fibrinógeno de la sangre, con lo que se originó una hemorragia incoercible que trasladó a la chiquilla, en pocos minutos, de la bañera al sarcófago.

«Pues bien. La palabra *gliconio* parece ser (qué concreta conciencia, en mi bajo vientre, de la cercanía de Calíope) que viene del nombre del inventor de este metro integrado por tres pies. Espondeo: larga, larga; yambo: breve, larga; y coreo: larga, breve (al subrayar esta especie de morse, con el dedo en la página, introduje deliberadamente, siempre he sido muy consciente en mi trabajo, el codo en su tierna ingle que ella no retiró); y dáctilo: larga, breve, breve, como expliqué ya la semana pasada, señorita Calíope».

«No me llamo así (aquí una sonrisa), señor profesor».

(Qué sabrosas venas, para un licántropo, las que en el cuello le inflamó el enojo.)

«Oh, ya lo sé. Es un nombre que se me ha ocurrido ponerle a usted».

Al corresponder a su sonrisa, sobre la quilla de mi nariz se deslizó levemente el grueso armazón de mis anteojos que devolví («¿a mí?», dijo ella. «Sí, a ti», aquí comencé a tutearla) a su lugar de origen con toda la jovialidad de mi dedo meñique, mientras en mi garganta se liaba ese nudo que los calaveras, que los pocos apasionados, que los profanos en sentimientos profundos consideran una simple metáfora.

«¿Por qué?»

La gorriona no pierde un sólo movimiento del flaco ofidio. «Fue una, llamémosla in-tui-ción» (tres inflexiones de voz para «intuición»).

El techo había ascendido notablemente, y la cama que nos sostenía volaba como las alfombras de las leyendas asiáticas. Calíope levantó la mano para devolver a su sitio una pluma que el viento removió de su cola, y detrás de las cortinas se oyó un burbujear como de besos de peces.

«Porque (proseguí) me produjo interna hilaridad (los lóbulos de sus orejas tenían un color profundamente dorado) el énfasis que imprimiste a las primeras palabras que oí de tu boca el primer día de curso. ¿Recuerdas? (Imitando su voz). *Ex Horatii Odae. Ad Calliopem. Descende de caelo, et dic, regina Calliope longum mellos*».

Ahora que soy viejo puedo llamarme sucio y depravado, pero aquellos días en que mi entusiasmo me impedía verlo, creyéndome un ser privilegiado, me sorprendió la brusca reacción de su entrecejo.

Segunda fase.

La consulta previa en el Diccionario de la Antigüedad Clásica había terminado. Cambio de libro. En mis dedos de prestidigitador (¡hop!) apareció el viejo texto, nuestra familiar Selecta Latina, que abrí en la página precisa y deposité calculadamente en la incisura de sus entrepiernas.

Por la boca abierta de la ventana velada con encajes de macilentos visillos, la media tarde, robles y violines, volcaba su carga de lilas sobre el regazo ahuecado de Calíope. Me acerqué a ella un poco más, con el profundo amor que siente la lluvia por las estatuas. Debía inmolarlo todo en aras de aquella oportunidad. Más, ay, dichoso aquel que apenas nace muere, semejándose a la flor.

Hallé un buen pretexto en la miopía para inclinarme (para volcarme) sobre la menuda letra (sobre el cuerpo caliente de mi adorada), para asir el libro por el lomo (para deslizar mi mano entre sus muslos) y alzarlo hasta mis lentes.

Doblado en el vacío, como esos débiles jazmines de secano que nacen en las paredes de los despeñaderos, inicié mi grotesco viaje a través del escabroso universo del buen Catulo.

«Y ahora comencemos», dije con tal énfasis que una chispa de saliva voló a su muslo. Qué contrariedad. Las yemas de mis dedos temblaron ante la posibilidad de tener que enjugarlo. Quizá se sentía manchada de saliva. Pero ¿qué me hacía suponer que ella la había visto, si no hizo ademán de limpiarse, si ni siquiera levantó la cabeza del libro? Después de todo: ¿No hay noticias? ¡Buena noticia! De lo contrario... tampoco es grave una molécula de espumita en una pierna. Y si no ha reparado en ello (recurramos a la lógica), yo no iba a descubrirlo. Humeaba mi alambique cuando decidí dejarlo correr y entrar en materia.

«*Collis o Heliconii cultor, qui rapis teneram ad virum virginem,* que quiere decir (y ahora, Calíope, atiéndeme bien), oh tú, morador del monte Helicón (monte donde habitaba, amigos que me leéis, el viejo Urano con su harén de larvitas aladas), que conduces a la tierna virgen hasta el varón». Oh, el arte de fingir interés de mi actriz Calíope. Había acercado más su tierna cabecita a la del gorila. «Pero cuidado», me advirtió al oído Juvenal. «La cama en que descansa una mujer núbil está llena de riñas y disputas».

Supliqué a Dios que no se me secara el brazo todavía. Dios vaciló un momento en otorgarme esa gracia (en prestarse a colaborar en mi sucia falta), tiempo suficiente para dejar caer con naturalidad el dorso de mi mano, bajo el peso del libro, sobre la rusiente horcajadura de su pelvis.

Cuando llega este diáfano momento frente a una mujer del género loto, los autores orientales aconsejan asirla dulcemente por los cabellos y trenzarle un amoroso moño en la nuca, pasándole los brazos por detrás del cuello, o hacerle ver una pareja de figuritas humanas recortadas en la silueta de la hoja de un árbol o en un pliegue del tejido, o referirle el bello sueño que se ha tenido respecto a otras mujeres, porque, como dice Ghotakamukha, «por apasionadamente que un hombre ame a una doncella, no llegará nunca a poseerla sin un gran dispendio de palabras». Pero abundando en las maneras occidentales pensé que quizá debiera abalanzarme sin más preámbulos, llenándole la boca de trapos y despedazándola como a un pajarito.

Al percibir mi pausa, separó su cabecita de la mía, lo suficiente para mirar de cerca mi nariz porosa, o mis labios resecos, o mis antenas bambo-

185

leantes, aunque sin retraer el duro pubis sometido a la morbosa presión de mis nudillos. Pero la serpiente, temible a quien la toca, reñida con la luz yace oculta.

¡Cuánto me hiciste sufrir, víbora mía! ¡Jamás dirigiste una de las atenciones de tus ojos de miel a tu viejo profesor cuando él, toda vez que le fue posible, te enfocaba con sus gruesas lentes para preguntarte una fruslería sobre el mutilado Terencio de aquella edición expurgada de Selecta Latina. Tú, entonces, alzabas tus párpados y me adjudicabas una de aquellas miradas incoloras, tras lo cual abrías maquinalmente tu boquita para hacer volar tu repertorio de palabras insípidas que mal respondían al tema escolar propuesto. Y Narciso, el bizarro profesor de Grecolatinos, abandonaba el aula, al final de la mañana, como si saliera de dirigir una gran batalla con muchas tropas. Yo creo que entonces comenzó a crecerme la joroba. Y cuando por la tarde el derrengado cuerpo del profesor retornaba solo a su cámara secreta, tras una larga secesión en su pupitre de la Biblioteca Municipal, se derretía sobre su lecho con la inane fatiga del escarabajo que ha estado todo el día empujando su ardua pelotita de estiércol. Y cuando el profesor volvía de nuevo hasta ti por la mañana, con su hígado abrasado por un trago de aguardiente, leía, en las comisuras de los ojillos de todas tus compañeras, que lo sabían todo (todas lo supieron menos la Señorita Directora), sabían que yo estaba angustiosamente enamorado de ti. ¿Lo supiste tú alguna vez? ¿Supiste que yo era un barco que se hundió hacía varios milenios en el lago de tu indiferencia? ¿Imaginabas algo de esto durante el transcurso del tedio escolar, mientras yo abrazaba, agazapado detrás de mis ojos miopes, magnetizados y trucados (que como bizco que soy, siempre se duda hacia qué parte miro), tu cuerpecillo blando, el más leve desde que Dios creó el mundo, y tú me observabas indiferente (yo un fósil y tú una libélula) con tu mirada resinosa y tu lengua demorada en la madera de un lapicero por el que hubiese dado una fortuna?

Cristalino, encantador, alegre, bárbaro de mí, repliqué, «sigamos», con mi cuello a un par de centímetros de su colmillo.

«*Ac domum dominam voca / coniugis cupidam novi*, trae a tu casa a la muchacha deseosa del macho, *ut tenax hedera huc et huc / arborem implicat errans*, deslizándote como la hiedra tenaz que por todas partes paulatinamente envuelve al árbol». Estudiaba en las fibras de su iris atigrado el impacto de cada tenue provocación. «¿Sigues mis explicaciones, Calíope?»

«Hum». (Sí).

«*O Hymenaee Hymen / Hymen o Hymenaee*», continué «es el estribillo que, coros de muchachos y doncellas con guirnaldas en la cabeza y antorchas en las manos, cantaban en los himnos nupciales, mientras la novia, en la alcoba conyugal, *zonula soluunt sinus*, se soltaba la cinta que ceñía su talle.

Tardé siglos en expresarme con mi lengua de gelatina. El oxígeno se me enturbiaba en la garganta. Las toscas manos de un marino ensayaban nudos en mis tripas, y un tendedero o una angulosa antena en el pardo contraluz de la ventana atravesada de soñolientas sombras, me hicieron columbrar un cadalso en la azotea de enfrente. Mi reino por un trago. Y desplacé mi descomunal fardo a cuestas para arañar el mueble de las bebidas abandonando las tibiezas de ingle y el moño amoroso por un loable agasajo de ginebra, largo y profundo como el mismo esófago que lo solicitó y saludó con los regüeldos de ordenanza.

Asomé mi nariz de cinabrio para preguntar a la mocosuela si quería flores, conchas, espejillos o cuentecitas de cristal. Y el istmo de sus fauces, sus pómulos almibarados, su naricita de cervatillo dijeron que no, y sus labios se entreabrieron para agregar: «Muchas gracias, profesor».

«Profesor, profesor. No es preciso que me llames profesor. Aquí no estamos en, digo, en el colegio», dije a trompicones, con intermitencias joviales, con imperceptibles mutilaciones en las últimas sílabas, reduplicando otras, intercalando distensiones de mandíbula, que revistieron de trivialidad mis doloridas quejas de beodo.

Y después de varios traspiés dilatados y repetidos por el ciclo de alguna pesadilla, me encontré de nuevo junto a la tortolica, con mi cuello, mi brazo, y mis dedos nudosos en la misma postura de la que partieron, como si toda la secuencia de la botella hubiese tenido lugar al margen del decurso real del tiempo. Salvo que no éramos dos seres concretos, dos cuerpos sólidos, sino dos vibraciones armónicas de un titilante *scherzo* de sonata, en lo demás nada en absoluto había cambiado. Bueno, creo que estaba sentado encima de los caramelos.

«Empecemos a ser amigos», creo que dije.

Aquel sorbo firme, que cayó en mi estómago como la primera linterna que entró en Altamira, había encerado los caminos debajo de mi lengua. Ahora, más que nunca, estaba expuesto a un patinazo en el lustre de mi propia brillantez.

Pero dejémosme sonriendo y volvamos atrás, en busca de algo que ya se me quedaba en el tintero. De aquellos hermanastros que os hablé, supe que la menor desposó al campeón provincial de los grandes pesos. Y de la primera cubrición, y a esto venía lo de antes, resultó una niña que, por ambos apellidos (y yo supe todo esto desde el primer día de clase) comprendí se trataba de mi chiquilla.

Y puesto que nuestra investigación parece haberse abierto ya de par en par, no omitiré que su propio marido y cuñado bastardo mío, señores inquisidores, me confesó más tarde (a raíz de la muerte de la niña visité en la cárcel al megaterio para descubrirle mi identidad), que mi hermanastra, la madre de Calíope (como sabéis, si pudisteis seguir los tortuosos vericuetos de esta historia tan mal narrada), fue estrangulada en la cama de otro hombre, con lo que de los cuernos del viudo se colgaron las sospechas de conyugicidio. No era mi deseo consignar todo esto en mi relato, por deferencia con mi familia y por parecerme inconveniente el caso para los menores de edad, pues sé que este atrevido libro de cuentos pasará de mano en mano por debajo de los pupitres. Ni os diría tampoco, si no fuera porque no deseo dejar sin explicación nada de lo que quedó insinuado, que se ofreció la dirección del integérrimo Colegio al integérrimo profesor Narciso, cuando las niñas contaron a sus padres que la Señorita Directora las despedía con unos integérrimos lametazos en las orejas. ¿Quién lo propuso en la Junta de Profesores? Madame Blois, la gorgona de los cabellos serpentinos, que me tenía jurado odio eterno. Siempre he dicho que debemos ser cuidadosos en la elección de nuestros enemigos. ¿Y quién elevó la moción a solicitud formal? Nada menos que el Consejo de Padres del Alumnado. Una perfecta conspiración de cítaras y arcángeles, un brindis sentimental en la corte de los venenos.

El indigno profesor N., cuyos méritos ni remotamente alcanzaban el tenor de su reputación de pedagogo, declinó aquella substanciosa oferta con lágrimas (de rabia) en las pupilas. ¿Aceptarla hubiera sido comportarse como aconseja la prudencia? Respóndeme tú, lector o lectora, que también César y Solón tuvieron necesidad de maestro que les industriase.

No me siento con fuerzas suficientes para dar cima dignamente a este informe, por lo que precipitaré el final, empeñando mi último esfuerzo en visualizar con pocas líneas el resto de mi pecado, aunque temo que, en tan largo tiempo, haya entrado demasiada luz en mi cámara oscura. Aun así, no abandonaremos el relato por una puerta lateral. Volvamos pues a mi aposento y a mi sonrisa, una sonrisa juvenil, desmesurada, la penúltima de aquel ocaso primaveral. Pensé desfallecer, pero no lo hice, porque (ved cómo apuro la sinceridad hasta en los detalles tontos), nunca me había sentido tan vivo como en ese instante. Quizás el optimismo me perdió, pues el ansia desmedida es como trama de telar, que si un hilo se quiebra, todo se deshace.

Allí estaba yo (o la idílica maqueta de mí mismo: aquí un escorzo de alambre, allá un pestañeo de celofán), mi brazo en la cuajada de su pecho izquierdo, sorbiendo los zumos de cada latido, mi codo en su abdomen tibio, mi antebrazo sobre su muslo relajado, mi mano derecha oculta bajo la Selecta Latina, los dedos cerca de su venusiana dureza (¿o era mi mano izquierda la que servía de apoyo al codo, y los nudillos de esa mano los que horadaban su bajo vientre?), y un rudimento de pata, la nerviosa pata del paranoico, agitándose

191

de placer. En esto me entretuve tres breves segundos, cuyas sensaciones no pudiera describir en tres gruesos tomos.

Allá se me alargó la vida, se me quitaron las canas, y la ropa interior me apretó en las perneras. Ya nada importaba sino «aquello».

Un último detalle. *Claudite ostia, virgines, ludimus iam satis,* concluiría Catulo. «Cerrad la puerta, muchachos, se acabó la fiesta». Y cerré el libro con un golpe seco. Las pupilas de la tierna oyente se posaron en las del maniático.

«¿Eso es todo?» preguntó la incauta o la torcida.

«¿Lo entendiste?» le respondí, colocando la palma de una de mis manos (no logro recordar cuál de las cuatro) en el canesú del vestido.

Se ha dicho (Virgilio) que la fortuna siempre estuvo de parte de los audaces. ¡Nada más falso! ¡Ay, cuántas veces los necios se han precipitado por donde hasta los demonios temerían poner el pie!

Los pimpollos de su tórax (he aquí un apunte rápido) se estremecieron tras un doble latido. Si algún día visitáis el mausoleo del diabólico doctor Narciso, no temáis acercar a su momia vuestras hijas. Tarde comprendí que la gata había sabido muy bien concederme toda clase de treguas, para que el ratón le sirviera de recreo antes de ser sacrificado en el definitivo festín.

No sé cómo describir lo que sucedió después.

Ya veo que me compadeces, lector, pues siento tu mano amiga en mi hombro cansado.

«Eh, chiflado. ¿Qué se propone?», apretó las quijadas poniéndose en pie.

No gocé del tiempo necesario para inventar una mentira (la apropiada respuesta hubiese quedado muy por debajo de mi decoro) en lo que tardó en llegar a la puerta. Hizo girar con resolución la manija, de la que no obtuvo más que un chasquido de huesos. Tiró dos o tres veces. La llave estaba en mi bolsillo (no recuerdo si lo dije antes). Zapateó sin éxito la espesa hoja y se volvió hacia mí.

«¡Déme ahora mismo esa llave, cretino!» gritó, y, golpeándose a cada sílaba con las manos las caderas, dirigió sus palabras a la lámpara que pendía del techo para decir que se cayera muerta allí mismo si lo que «aquel guarro» pretendía no era aprovecharse de ella. A mis trémulas disculpas respondió (para despedirse) con uno de esos horribles epítetos difícilmente imaginables fuera de la boca de un cochero.

Ay, lector. Ama poco. Creo que a lo largo de este fútil relato no he destacado lo suficiente aquello para lo único que tal vez fue realmente proyectado: para dejar dicho que, en amor, el dominio recae por derecho en aquel que ama menos.

Dichosos, pensé, los que tuvieron la suerte de morir en Troya. Le arrojé la llave por el aire, que ella agarró de un zarpazo, el mismo que arrasó el

encantador universo levantado en mil y una noches de delirio, de las que ya sólo emergía mi
espantosa lucidez.

Cuando se marchó comprobé que la habitación
se había vuelto de dimensiones muy reducidas, y al
ir a la cocina a por el cianuro para abrazarme
estrechamente con la hermana muerte, bajé la
cabeza para no chocar con el dintel, que había
descendido notablemente, pero éste se dobló al
mismo tiempo y recibí un fuerte golpe en el
cerebro. En el otro mundo reinaba una luz verdo-
sa, y la rugosidad de las paredes transpiraba ciertos
tufos de azufre.

Posdata

¿Haré más difíciles aún las cosas por empeñarme en sanear esta ilustrada letrina? Si existe una posibilidad entre ciento de arrojar alguna luz en este pozo ciego, estoy dispuesto a correr el riesgo de seguir aburriéndoos para traer dos palabras con verdad. Pero si prefieres olvidarlo todo, aún estás a tiempo de poder decir a tus nietos que no terminaste de leer «aquello». Sé que, de cualquier forma, hasta el más benévolo de mis lectores me negará el perdón, aunque pienso que es hora de que dejes de acosarme, y de que me oigas hablar con franqueza.

Nunca existió el viejo profesor Narciso, ni toda su corte de embrollos, ni sus groseros escarceos faltos de toda destreza, aunque dentro de muchos años, quizás exista otro viejo Narciso, si bien mucho más experimentado, acomodado y alegre.

Dispensa, lector, mi atrevimiento de volver a cambiar los mojones del camino. Yo soy el primer desorientado. Al comienzo, abrumé de datos las cuartillas, con un trago previo, convencido de que nada me aliviaría como una confesión por escrito. Después, dudando del poder purificador de la verdad, por poco arrimo una cerilla a estos papeles. Y ahora que quiero reconciliarme con la existencia, me hallo irremisiblemente atrapado en la palabra: la que retengo, es una esclava que se subleva dentro de mí; la que al fin pronuncio es la dueña que me tiraniza.

Tras estas escuetas puntualizaciones, en las que no he podido sustraerme a las imágenes literarias (por lo que este apéndice ya queda inficcionado de retórica, es decir: de falsedad), empezaré por aclararte algunos puntos cronológicos, para que no pierdas contacto con la realidad.

Lo cierto es que ayer noche, cuando amanecía, sucumbí a la tristeza y al alcohol. Y desperté luego, a media mañana, para seguir bebiendo, hasta dar en el peor de los delirios, imaginándome ser el pobre anciano que hubiera temido ser, impotente y desvalido, en el umbral de la muerte, que transcribió todas aquellas procacidades de pederasta.

Ahora vuelvo a tomar la pluma en la madrugada, ahora sí está amaneciendo (no cuando escribí lo anterior, ayer tarde), para dejar sentado que quien relató lo que ya conoces no fue (lo habréis notado, sin duda) el maldito e inútil anciano que pensasteis por un momento, ese buey indeciso, pusilánime, desalentado, que se desprecia y humilla, sino el joven Narciso del principio, con el crimen aún tibio entre los dedos.

Y ahora no me permitas hablar más, no me lo permitas, pero deduce tú mismo, guiado por la lógica: ¿De dónde pudo extraer el viejo célibe tanto conocimiento anatómico, de dónde tanta pericia en los manejos, y tanto abundar en los

196

resortes lúbricos, y tanto menudear su escritura de datos procaces? ¿Y desde cuándo, sobre todo, un viejo asilado puede entregarse a la bebida con tanta impunidad?

Estúpido y miope anciano, que no supo representar su papel, ni urdir una trama medianamente convincente, en la que a mí, el alegre, agraciado y decidido Narciso, se me pintó cheposo, agónico y necesitado. Desde este colofón, aún me alcanza la mano a arrancarle las narices de payaso, aunque noto que me llega a la cara un chorrito burlón que parte de aquella flor de papel que se puso en el ojal.

Esta historia podía haber sido limpia y bonita, si no se le hubiera adherido, como una tenia ávida y pertinaz, ese viejo pedante que poco sabe de botánica si no sabe la reacción química que a las emanaciones carbónicas del Hippomane hace tercamente letales el ozono desprendido en las tormentas, por esas carambolas moleculares del oxígeno, el desarrollo de cuya intrincada fórmula en estas páginas me haría llegar tarde a las exequias de mi amada.